# ABOLICIO NISTAS

ANTOLOGIA DE POETAS
NEGROS DO PERÍODO
ABOLICIONISTA NO BRASIL

Prefácio: Juarez Xavier
Textos de apoio e notas: Valéria Alves

# ABOLICIONISTAS

## ANTOLOGIA DE POETAS NEGROS DO PERÍODO ABOLICIONISTA NO BRASIL

São Paulo, 2022

Abolicionistas: antologia de poetas negros do
período abolicionista no Brasil
Copyright © 2022 by Novo Século Editora Ltda.

**Editor:** Luiz Vasconcelos
**Gerente editorial:** Letícia Teófilo
**Coordenação editorial:** Amanda Moura
**Assistente editorial:** Gabrielly Saraiva
**Diagramação:** Marília Garcia
**Revisão:** Amanda Moura e Fernanda Felix
**Capa:** Raul vilela
**Composição de capa:** Lucas Luan Durães e Gabrielly Saraiva

Texto de acordo com as normas do Novo Acordo Ortográfico da
Língua Portuguesa (1990), em vigor desde 1º de janeiro de 2009.

Dados Internacionais de Catalogação na Publicação (CIP)
Angélica Ilacqua CRB-8/7057

Abolicionistas : antologia de poetas negros do período abolicionista no Brasil / Maria Firmina dos Reis...[et al]. – Barueri, SP : Novo Século Editora, 2022
112 p.

Outros autores: Luiz Gama, Machado de Assis, Francisco de Paula Brito, Cruz e Sousa
Bibliografia
ISBN 978-65-5561-462-6

1. Poesia brasileira 2. Poetas negros I. Título II. Reis, Maria Firmina dos

22-5929                                                          CDD B869.1

Índices para catálogo sistemático:
1. Poesia brasileira 2. Poetas negros

GRUPO NOVO SÉCULO
Alameda Araguaia, 2190 – Bloco A – 11º andar – Conjunto 1111
CEP 06455-000 – Alphaville Industrial, Barueri – SP – Brasil
Tel.: (11) 3699-7107 | E-mail: atendimento@gruponovoseculo.com.br
www.gruponovoseculo.com.br

MARIA FIRMINA DOS REIS
(1822-1917)

LUIZ GAMA
(1830-1882)

MACHADO DE ASSIS
(1839-1908)

FRANCISCO DE PAULA BRITO
(1809-1861)

CRUZ E SOUSA
(1861-1898)

# SUMÁRIO

Prefácio .................................... 9

Maria Firmina dos Reis ............. 17

Luiz Gama ................................ 39

Machado de Assis ..................... 55

Francisco de Paula Brito ........... 71

Cruz e Sousa ............................ 87

Referências ............................ 109

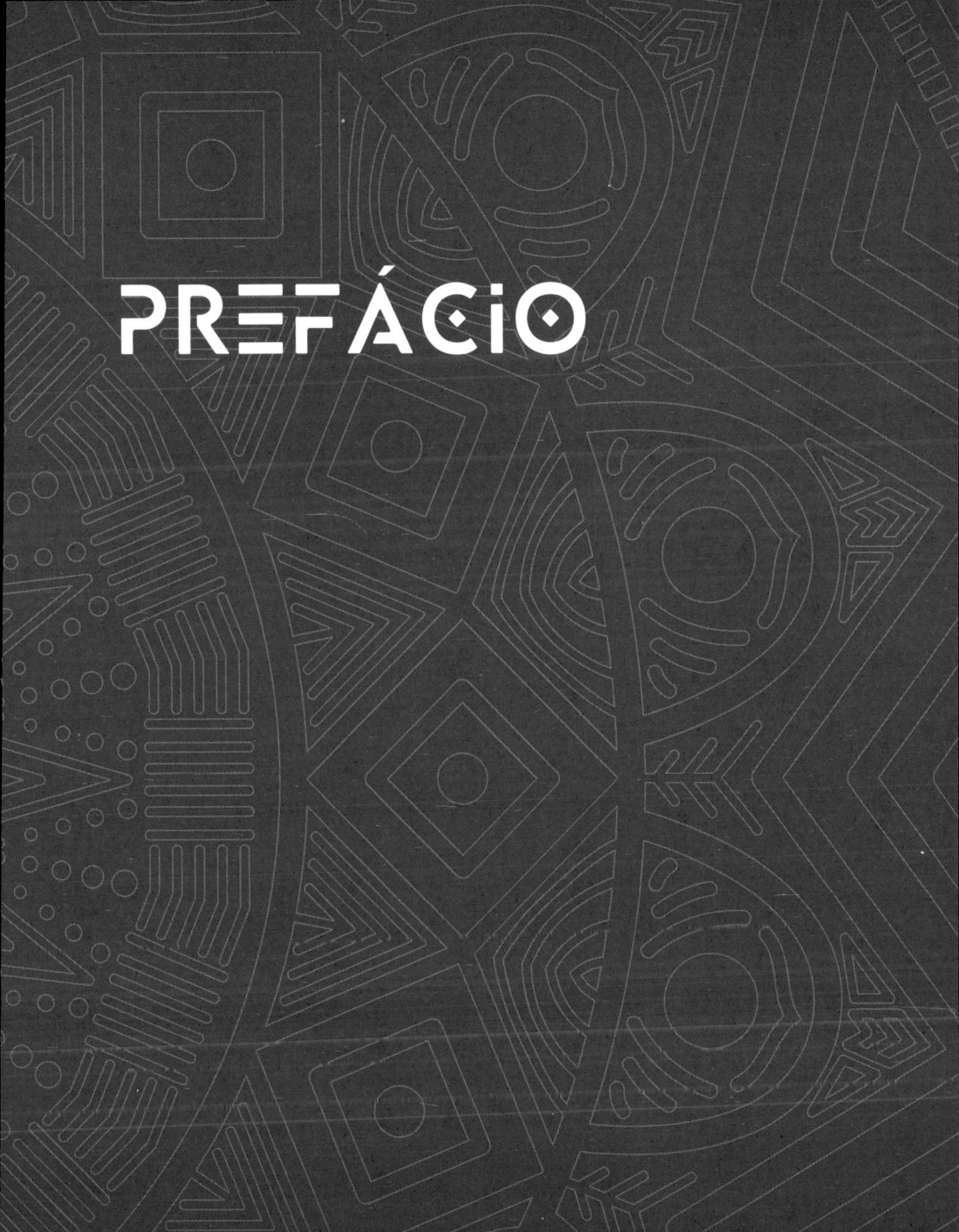

# PREFÁCIO

# POESIA NEGRA:
## MÍDIA RADICAL DO ABOLICIONISMO NO SÉCULO XIX

Juarez Xavier[1]

A poesia tem, em momentos excepcionais da história da humanidade, a capacidade de ser uma fagulha de civilidade diante da barbárie social.

Ela encapsula em suas formas expressivas – estilo, estrutura narrativa e sistema de codificação – valores civilizatórios desenhados ao longo dos oceanos dos tempos, por mãos e mentes inquietas e criativas. O primeiro ato inventivo, a primeira ideia disruptiva, a primeira palavra enunciada, a primeira lua, o primeiro sol e as primeiras estrelas vistas, o primeiro calor do sol na pele nas savanas africanas: quem ousaria dizer que não são poesias?

A poesia esteve presente em todos os pontos de inflexão da história brasileira: na ocupação europeia, nas resistências

---

[1]. Juarez Tadeu de Paula Xavier é professor na Faculdade de Arquitetura, Artes, Comunicação e Design (FAAC) da Unesp/Bauru, no curso de Jornalismo (graduação) e Mídia e Tecnologia (pós-graduação), além de vice-diretor da FAAC. Ativista antirracista, possui graduação em Comunicação Social/Jornalismo pela Pontifícia Universidade Católica de São Paulo (1990), mestrado no Programa de Pós Graduação em Integração da América Latina: comunicação e cultura pela Universidade de São Paulo (Prolam/USP, 2000) e doutorado no Programa de Pós-Graduação em Integração da América Latina pela Universidade de São Paulo (Prolam/USP, 2004). Tem experiência na área de Comunicação, com ênfase em Jornalismo Especializado, atuando principalmente nos seguintes temas: economia criativa, afrodescendentes, racismo, etnocídio, fundamentos do jornalismo, educação para a diversidade e racismo sistêmico.

indígenas e negras, nas matas e florestas profundas, nas aldeias de todos os povos originários, nos quilombos de todos os povos afrodescendentes, nos gritos de pavor e amor, nos murmúrios de tristeza e prazer, e nos sorrisos de dengos e flertes.

A poesia está em tudo!

Ela está presente como uma segunda existência, essência e potência na história individual e coletiva dos sujeitos.

No período crucial da transição da barbárie normalizada para a repulsa à escravização, essa forma expressiva nos lembrava que somos humanos escravizando outros humanos. A poesia marcou a ferro quente as narrativas de resistências por todo o continente africano, nas Américas e, desde então, em todo o mundo. Foi o fragmento de vida diante da pulsão da morte.

Durante o século XIX, no Brasil, as narrativas poéticas traziam, em todos os seus desdobramentos, o impulso do abolicionismo, como potência, e com a episteme da ginga da capoeira, poesia corporal negro-africana: ora a poesia atacava, ora defendia, ora se esquivava, ora desequilibrava, ora se impunha e ora corria, pois correr também é capoeira, como ensinaram as velhas e os velhos africanos.

O zig-zag da poesia traçou a trilha da quilombagem – ações micrológicas (às vezes macro) – que corroeram, permanentemente, o estatuto da escravização negro-indígena.

Em linhas gerais, esse é o fio condutor desta coletânea "Abolicionistas, uma antologia de poetas negros do período abolicionista no Brasil", publicado pela Editora Novo Século.

Ela, a poesia, foi uma "bionarrativa" – a narrativa da vida viva – contra a "necronarrativa" – a narrativa da morte morta – da escravidão, no início da construção do estado moderno brasileiro.

Em 1808, com a chegada da família real, dá-se início à articulação das bases do estado moderno nacional. Ele é erigido sobre o escombro de séculos de brutalidade e negação, por parte da humanidade, da maioria da população que ocupava o território original: as dezenas de povos indígenas e africanos.

As condições históricas que antecederam esse ato inaugural cimentaram a infraestrutura deste estado.

Dos cerca de 12.5 milhões de mulheres, crianças e homens escravizados nas Américas, 4.8 milhões vieram para o Brasil. Entre os séculos XVI e XIX, de cada 100 pessoas que ingressaram no país, mais de 80 eram escravizadas e escravizados.

Soma-se a essa perversa estatística os cerca de 3 milhões de indígenas aniquilados pela ocupação do território.

Dessa forma, a ex-colônia ingressa no século XIX, em sua fase de modernização conservadora, caminhando sobre os corpos e almas dos povos originários, instituindo a "descartabilidade humana" de pessoas matáveis, a subcidadania dos povos não brancos, e a instituição do *apartheid* social, na vida e nas mentes, que marca como cicatriz a carne da sociedade até os dias atuais.

Constrói-se, assim, o estado patriarcal segregacionista supremacista branco vigente.

Para que isso se concretizasse, domou-se a ciência e a imprensa, mas não a rebeldia poética.

As primeiras escolas de Medicina (Salvador e Rio de Janeiro, 1808) e de Direito (São Paulo e Recife, 1827) foram os alicerces do engodo do racismo científico. Dos seus laboratórios saíram ideias, conceitos e preconceitos que formaram a gramática da discriminação racial e do racismo. O "discurso universal da ciência" pregava que, em menos de 100 anos, viria a imigração e a esterilização em massa de homens negros, pretos e pardos, portanto, o país seria branco e se livraria da "mancha africana" (ledo engano).

No mesmo ano da chegada da família real, depois de "dominada a ciência", domou-se o "discurso singular" do jornalismo. A estreia do Correio Braziliense e da Gazeta do Rio de Janeiro contribuiu para a construção da "imagem de controle" social do país: a minoria branca no circuito do privilégio, a casa grande, e a maioria não branca no circuito da vulnerabilidade. A senzala? Que nada: os quilombos!

É nesse cenário que o abolicionismo invade a esfera pública.

Na era das revoluções, no ano de 1791, irrompe na mais rica colônia francesa (a que deu lustro à riqueza da "cidade luz" e à exuberância de Versailles), o Haiti, uma revolução diferente: a primeira em que escravizados derrotaram os escravizadores e puseram fim à escravização.

Nem a revolução americana (1776) ou a francesa (1789) ousaram tanto. A onda negra haitiana tomou conta da vanguarda abolicionista, estremeceu os gélidos corações escravagistas e incendiou as subjetividades de pretos, pardos (quase todos "pretos de tão pobres") e miseráveis no Brasil do século XIX. Na disputa de narrativas, a poesia – o discurso particular da estética/ética – transformou-se em "mídia radical".

Ela instiga, provoca, atiça, denuncia, mobiliza, organiza e reumaniza os desumanizados pela barbárie.

Age de forma explícita, camuflada, corajosa, dengosa, denotativa, conotativa e de soslaio. Essa – que é irmã mais nova da oralidade – foi a ferramenta no caminho trilhado por mulheres e homens no século XIX no Brasil.

Nesta antologia, entraram na roda para gingar Joaquim Maria Machado de Assis (1839-1908) – que insistiram em retratar como branco até o século XXI; Luiz Gonzaga Pinto da Gama (1830-1882) – vendido pelo próprio pai como escravo, mas que carregou a poética rebelde materna; Maria Firmina dos Reis (1822-1917) – que gritou contra a imposição do patriarcado supremacista branco; João da Cruz e Sousa (1861-1898) – cujas métricas tentaram e tentam embranquecer até hoje; e Francisco de Paula Brito (1809-1861) – jornalista, escritor, editor de livros, dramaturgo e amigo do jovem futuro-bruxo do Cosme Velho.

Se nesse período, a ciência e a cultura procuraram subtrair a dimensão humana dos povos negros, com uma suposta "neutralidade axiológica" do supremacismo racial branco, a poesia – dimensão estética particular – expandiu as fronteiras observáveis do ativismo epistêmico negro.

Essa contranarrativa da mídia radical negra articulou a subjetividade que se reinventava, pelas vias da oralidade, nas "rodas sagradas" das matrizes africanas, cápsulas civilizatórias e reumanizadoras do candomblé, da capoeira e do samba, que alimentaram a reexistência negra, diante do projeto de aniquilamento e abandono no pós-abolição.

A cosmologia do universo em permanente transformação ("tudo que é sólido desmancha no ar"), as formas sociológicas que dissolvem o modelo patriarcal, as dimensões pedagógicas que propiciam as trocas de saberes intergeracionais e o "imperativo categórico", ética do apego à vida, usina retroalimentadora dessa poética, sustentaram a alma negra no momento em que se cristalizou o *apartheid* nacional, na passagem dos séculos, em que a política pública do estado assegurou acesso exclusivo da população branca à renda, à cultura, ao território e ao poder político.

Como a poesia antevê o futuro ("se o poeta sonha o que vai ser real"), a rebeldia literária desmonta a necropolítica e (re)escreve, nos ombros de grandes homens e mulheres do século XIX, a mais bela síntese poética atual: **vidas negras importam!**

# MARIA FIRMINA DOS REIS

*Da favela, da humilhação imposta pela cor*
*Eu me levanto*
*Do passado enraizado pela dor*
*Eu me levanto*
*Sou um oceano negro, profundo na fé*
*Crescendo e expandindo-se como a maré*
*Deixando para trás noites de terror e atrocidade*
*Eu me levanto*
*Em direção de um novo dia de intensa claridade*
*Eu me levanto*
*Trazendo comigo o dom dos meus antepassados*
*Eu me levanto*
*Eu carrego o sonho e a esperança do homem escravizado*
*E assim, eu me levanto*
*Eu me levanto*
*Eu me levanto*
(Maya Angelou)[2]

O trecho do poema acima é uma das obras-primas da poetisa estadunidense Maya Angelou. *Ainda assim eu me levanto*, ou *Still I Rise*, escrito em 1978, tem inspirado a nova geração de escritoras e escritores negras e negros Brasil afora. Maya Angelou, além de poetisa e artista, participou ativamente dos movimentos por direitos civis nos Estados Unidos, ao lado de Martin Luther King e Malcom X. É com essa referência de mulher negra e escritora que apresentamos a trajetória de vida de Maria Firmina dos Reis, a primeira romancista brasileira.

---

2. Trechos do poema *Ainda assim eu me levanto (Still I Rise)* de Maya Angelou, escrito em 1978.

Maria Firmina dos Reis nasceu em 1822, momento em que a população negra e indígena no Brasil vivia ainda sob as rédeas da monarquia e do horror da escravidão. A romancista nasceu em São Luís, mas foi na cidade de Guimarães, também no Maranhão, que passou a maior parte da sua vida, até sua morte em 1917. Registros recentes apontam que sua mãe foi uma escravizada que havia conquistado sua alforria.

Além de ser considerada a primeira romancista brasileira, Maria Firmina exercia a profissão de professora primária e, quando da sua aposentadoria, antes mesmo da "abolição inconclusa"[3], fundou, em 1885, a primeira escola gratuita no Maranhão que permitia o acesso às estudantes mulheres. Nessa função de funcionária pública da educação e com uma situação econômica mais favorável, a romancista conseguiu circular pelos jornais, espaços literários e culturais da época. Entretanto, sua condição de "mulher", e de mulher negra, não permitiu que suas obras permanecessem visíveis no cenário literário e histórico, pelo que chamamos hoje de epistemicídio: um instrumento de ocultação e inviabilização, um processo de apagamento da produção e criação intelectual e cultural da população negra.

Maria Firmina dos Reis escreveu *Úrsula*, o primeiro romance abolicionista do Brasil, entrando para a nossa história com um novo segmento de escrita ao inaugurar um gênero literário original e impulsionar e inspirar outras e outros escritores[4].

---

3. O termo "abolição inconclusa" refere-se ao abismo social e econômico existente entre as populações negra e branca por conta da não garantia de condições de sobrevivência às pessoas escravizadas após o 13 de maio de 1888.

4. MIRANDA, Fernanda R. **Silêncios prescritos**: estudos de romances de escritoras negras brasileiras (1859-2006). Rio de Janeiro: Malê, 2019.

*Úrsula*, descrito como o principal romance produzido em 1859, foi publicado sem o nome da escritora na capa, uma prática recorrente entre mulheres escritoras à época que permitia uma circulação mais diligente das obras. Na obra, Maria Firmina faz uma análise e textualiza as ferramentas da escravidão, além de apresentar as personagens como donas de suas próprias narrativas. Desta forma, critica o contexto escravista e humaniza a população escravizada, algo até então nunca visto. No romance, a autora não ameniza o sistema escravocrata e, por meio das falas de seus personagens, escancara as crueldades a que mulheres e homens foram submetidos e o não esquecimento do seu berço originário: a África.

Além de *Úrsula* (1859), a escritora presenteou a sociedade brasileira, principalmente maranhense, com outras obras descritas como "abolicionistas": *Gupeva* (1861), narrado como uma novela de temática indígena; *A Escrava* (1887), entre outros contos e poemas que foram publicados após sua morte.

Maria Firmina dos Reis se tornou umas das principais escritoras maranhenses. Passou a publicar contos e poemas em jornais e revistas e foi uma colaboradora da imprensa local. Suas convicções políticas, perspicácia, sensibilidade e audácia fizeram com que ela conseguisse circular em meios onde poucas mulheres haviam estado antes. Por intermédio de sua escrita e de seu enfrentamento, encorajou outras mulheres a escreverem romances, contos, prosas e poesias.

Intelectual e construtora de um pensamento crítico em seus escritos, Maria Firmina recentemente ressurgiu com relevância entre pesquisadoras e pesquisadores da literatura negra brasileira. Sua vida e seus escritos entraram no cenário acadêmico de fato há um pouco mais de uma década. Em 2017, comemorou-se o centenário da morte da escritora, evento que contribuiu e instigou pesquisas mais aguçadas sobre sua vida.

Descobriu-se, por exemplo, que além dos poucos registros da sua vida, não há fotografia e nenhuma imagem física ou digital da autora, e que ela constituiu uma família por meio da adoção de onze crianças[5]. Mas, sabemos hoje, por ocasião de pesquisas sobre sua trajetória, que, à época, a escritora e poetisa teve reconhecimento da imprensa local, com suas obras noticiadas pelos jornais. Luciana Martins Diogo[6], em dissertação publicada em 2016, resgata alguns anúncios sobre as obras de Maria Firmina dos Reis e como elas eram referenciadas: "Estilo fácil e agradável", "descrições naturais e poéticas", "diálogo animado e fácil", "talentosa maranhense" etc.

Entre presenças e ausências, a romancista pioneira e antiescravista brasileira Maria Firmina dos Reis figura atualmente em nosso cenário como a principal escritora dos períodos pré e pós-abolição.

Valéria Alves[7]

---

5. Para saber mais: MIRANDA, Fernanda R. **Silêncios prescritos**: estudos de romances de escritoras negras brasileiras (1859-2006). Rio de Janeiro: Malê, 2019.
6. DIOGO, Luciana Martins. **Da sujeição à subjetivação**: a literatura como espaço de construção da subjetividade, os casos das obras Úrsula e a Escrava de Maria Firmina dos Reis. 2016. 225 f. Dissertação (Mestrado em Filosofia – Programa de Pós-Graduação Culturas e Identidades Brasileiras) – Instituto de Estudos Brasileiros, Universidade de São Paulo, São Paulo, 2016.
7. Autora de todos os textos de apoio e notas desta edição. É doutora em Antropologia Social pela Universidade de São Paulo (USP) e mestra pela mesma universidade, com licenciatura plena em Ciências Sociais. Desenvolve pesquisas sobre as práticas discursivas referentes a raça, gênero, sexualidade, cultura e educação. Atua profissionalmente como pesquisadora de temas relacionados à antropologia das populações afro-brasileira e africana.

# O proscrito

Vou deixar meus pátrios lares,
Alheio clima habitar.
Ver outros céus, outros mares,
Noutros campos divagar;
Outras brisas, outros ares,
Longe do meu respirar...

Vou deixar-te, oh! Pátria minha,
Vou longe de ti – viver...
Oh! Essa ideia mesquinha,
Faz meu dorido sofrer;
Pálida, aflita rolinha
De mágoas a estremecer.

Deixar-te, pátria querida.
É deixar de respirar!
Pálida sombra, sentida
Serei – espectro a vagar:
Sem tino, sem ar, sem vida
Por esta terra além-mar.

Quem há de ouvir-me os gemidos
Que arranca profunda dor?
Quem há de meus ais transidos
De virulento amargor,
Escutar – tristes, sentidos,
Com mágoa, com dissabor?

Ninguém. Um rosto a sorrir-me
Não hei de aí encontrar!...
Quando a saudade afligir-me
Ninguém irá me consolar;
Quando a existência fugir-me,
Quem há de me prantear?

Quando sozinho estiver
Aí à noite a cismar
De minha terra, sequer
Não há de brisa passar,
Que agite todo o meu ser,
Com seu macio ondular...

(Maria Firmina dos Reis,
de *Cantos à beira-mar*)

# Uma lágrima

*Sobre o sepulcro de minha carinhosa mãe.*

E eu vivo ainda!? Nem sei como vivo!...
Gasto de dor o coração me anseia:
Sonho venturas de um melhor porvir,
Onde da morte só pavor campeia.

Lá meus anseios sob a lousa humilde
Dormem seu sono de silêncio eterno!
Mudos à dor, que me consome, e gasta.
Frios ao extremo de meu peito terno.

Ah! Despertá-los quem pudera? Quem?
Ah! campa... ah, campa! Que horror, meu Deus!
Por que tão breve – minha mãe querida, –
Roubaste, oh morte, destes braços meus?!!...

Oh! não sabias que ela era a harpa
Em cujas cordas eu cantava amores,
Que era ela a imagem do meu Deus na terra,
Vaso de incenso trescalando odores?!

Que era ela a vida, os horizontes lindos,
Farol noturno a me guiar p'ra os céus;
Bálsamo santo a serenar-me as dores,
Graça melíflua, que vem de Deus!

Que ela era a essência que se erguia branda
Fina, e mimosa de uma relva em flor!
Que era o alaúde do bom rei – profeta,
Cantando salmos de saudade, e dor!

Que era ela o encanto de meus tristes dias,
Era o conforto na aflição, na dor!
Que era ela a amiga, que velou-me a infância,
Que foi a guia desta vida em flor!

Que era o afeto, que eduquei cuidosa
Dentro do peito... que era a flor
Grata, mimosa a derramar perfumes,
Nos meus jardins de poesia, e amor!

Que era ela a harpa de doçura santa
Em que eu cantava divinal canção...
Era-me a ideia de Jeová na terra,
Era-me a vida que eu amava então!

Oh! minha mãe que idolatrei na terra,
Que amei na vida como se ama a Deus!
Hoje, entre os vivos te procuro – embalde!
Que a campa pesa sobre os restos teus!...

Como se apura moribunda chama
À hora extrema da existência sua:
Assim minha alma se apurou de afetos,
Gemeu de angústias pela angústia tua.

E não puderam minha dor, meu pranto,
Pranto sentido que jamais chorei,
Oh! não puderam te sustar a vida,
Que entre delírios para ti sonhei!...

E como a flor pelo rufão colhida
Vergada a haste, a se esfolhar no chão,
Eu vi fugir-lhe o derradeiro alento!
Oh! sim, eu vi... e não morri então!

Entanto amava-a, como se ama a vida,
E a minha eu dera para remir a sua...
Oh! Deus – por que o sacrifício oferto,
Não aceitou a onipotência tua!?!...

Vacila a mente nessa acerba hora
Entre a fé, e a descrença...oh! sim meu Deus!
Estua o peito, verga aflita a alma:
Tu me compreendes, tu nos vês dos céus.

Vacila, treme... mas na própria mágoa
Tu nos envias o chorar, Senhor;
Bendito sejas! que esse pranto acerbo,
É doce orvalho, que nos unge a dor.

Lá onde os anjos circundam, dá-lhe
Vida perene de imortal candura:
Por cada gota de meu triste pranto,
Dá-lhe de gozos divinal ventura.

E à triste filha, que saudosa geme,
Manda mais dores, mais pesada cruz;
Depois, reúne à sua mãe querida,
No seio imenso de infinita luz.

(Maria Firmina dos Reis,
em *Cantos à beira-mar*)

# Dirceu[8]

*À memória do infeliz poeta
Tomás Antônio Gonzaga.*

*"Há de certo alguma harmonia oculta na desgraça,
pois todos os infelizes são inclinados ao canto."*
*(C. Roberto)*

Onde, poeta, te conduz a sorte?
Vagas saudoso, no tristonho error!
Longe da pátria... no exílio... a morte
Melhor te fora, mísero cantor.

Bardo sem dita!... patriota ousado
Quem sobre ti a maldição lançou!.?.
Cantor mimoso, quem manchou teu fado?
E a voo d'águia te empeceu, – cortou?

---

8. Tomás Antônio Gonzaga (1744–1807): poeta português. Ocupava o cargo de Ouvidor Geral na comarca de Vila Rica (Ouro Preto), onde teve participação na Inconfidência Mineira. Foi acusado de conspiração no movimento e deportado para o Moçambique. À época do degredo, estava noivo de Maria Dorotéia Joaquina de Seixas, jovem de uma das mais eminentes famílias mineiras. A desafortunada história desse amor inspirou sua obra mais famosa: as poesias de *Marília de Dirceu*. A ele também é atribuída a autoria da obra satírica *Cartas Chilenas*, que só veio a ser editada anos depois de sua morte. Foi o ocupante da cadeira 37 da Academia Brasileira de Letras (ABL).

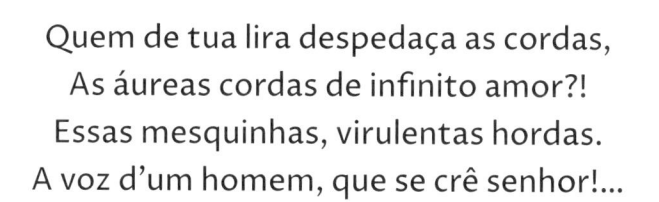

Quem de tua lira despedaça as cordas,
As áureas cordas de infinito amor?!
Essas mesquinhas, virulentas hordas.
A voz d'um homem, que se crê senhor!...

E tu, que cismas libertar – em anseio
O pátrio solo – que a aflição feria
Que à lísia curva o palpitante seio.
E a fronte nobre para o chão pendia.

Da pátria longe, teu suposto crime
Vás triste, aflito a espiar – Dirceu!
Quem geme as dores, que teu peito oprime?
E as tristes queixas? – só as ouve o céu.

Mártir da pátria! Liberdade, amor
Foram os afetos que prendeu teu peito...
Gemes, soluças, infeliz cantor.
Vendo teus sonhos – teu cismar desfeito.

Ela! a estrela, que teus passos guia!
Ela – os afetos de tu'alma ardente!

Ela – tua lira de gentil poesia!
Ela – os transportes de um amor veemente!

Marília!... A pátria – teu amor, tua glória,
Tudo, poeta, te arrancaram assim!
Dirceu! Teu nome na brasília história,
É grata estrela de fulgor sem fim.

Qual teu crime, oh! trovador?
É crime acaso o amor,
Que a sua pátria o filho dá?
Foi já crime em alguma idade,
Amar a sã liberdade!
Dirceu! Teu crime onde está?

É crime ser o primeiro
Patriota brasileiro,
Que a fronte levanta e diz:
– Rebombe embora o canhão,
Quebre-se a vil servidão,
Seja livre o meu país!

Nossos pais foram uns bravos;
Nós não seremos escravos,
Vis escravos nesta idade:

Rompa-se o jugo opressor:
Eia! avante, e sem temor
Plantemos a liberdade!

Ah, Dirceu, tu te perdeste!
Mártir da pátria – gemeste
De saudade, e imensa dor!
Choraste a pátria vencida:
Tanta esperança perdida...
Perdido teu terno amor!...

E vás no exílio suspiroso, e triste
Gemer teu fado no longínquo ermo;
Até a morte do infeliz – amiga,
Aos teus tormentos te ofereça um termo!

Brumas as noites na africana plaga
Mais te envenena da saudade a dor...
Secam teus prantos o palor da morte,
A morte gela no teu peito o amor...

(**Maria Firmina dos Reis**, em *Cantos à beira-mar*)

# O lazarento

*Dedicada ao meu prezado tio –
o Sr. Martimiano José dos Reis.*

*Tributo de amizade.*

Lá, no marco da estrada solitária,
Que o silêncio não quebra a voz humana;
O mísero, infeliz, com Deus sozinho,
A braços com seu fado endurecido,
Implacável, mortífero – chorando,
Geme ferido de aflitiva angústia...
Goteja-lhe das chagas incuráveis
O sangue, a vida, que correr nem sente;
Porque lá no mais fundo de sua alma,
Lá nas dobras do peito amargurado,
Doloroso pungir de mil desditas,
De duras privações, de longas dores
O mesquinho existir lhe vão minando...
Agudo espinho de cruenta angústia
Penetra-lhe incessante o peito opresso,
Por contínuo sofrer – ulcera todo!...
Mas, a dor que seus membros enregela,
A dor, que não tem prantos que a mitiguem,

A dor, que funda rasga-lhe as entranhas,
E cava o seu sepulcro... a dor mas agra,
Que ao mísero consome em seu desterro,
Não é ainda assim físicos males,
Úlceras, que destroem... é dor mais lenta,
Mais cruciante – a de viver sozinho,
De todos desprezado... arbusto triste,
Que em terra pedregosa habita ermo.

Enquanto humilde choça além descerra
As portas – devassando o seio limpo
De móveis, de riqueza – de uma cama,
D'um ente, a quem o triste se socorra;
Ele! a fronte apoiada sobre um tronco
Anoso, e carcomido, já sem ramas,
Que possa generoso amiga sombra
Sobre teus membros difundir um'ora.

Cruzadas sobre o peito as mãos rugosas,
Sobre o peito dorido... aí o dia,
A noite, o pôr do sol, – a tempestade,
Do raio o sibilar, luzir dos astros,
Luz, cerração, ou calma, ou ventania,
Orvalho matinal, frio noturno,
Encontram-no, atalaia imóvel, muda,
Fundida no sofrer de amargas dores!...

Que lhe resta na terra? amargo pranto!
No extremo do sofrer mesquinha cova
Sumida, e triste na espessura agreste!
Ainda assim exígua, sem letreiro,
Cavada pela mão da caridade;
Sem cruz, sem lousa, que recorde um dia,
Com mágoa – ao viajor – que aí se escondem
Os despojos mortais d'um desgraçado...

E só sobre essa campa solitária
Virão da mata as dessecadas folhas
Rolando enovelar-se – e o vento rijo
Sacudi-las iroso... Porque um pranto
De coração, que o ame enternecido,
Nascido da saudade – não viria
Rorejar-lhe na campa o corpo inerte!...

Família! esposa, irmãos e filhos caros,
Que amava com ternura – último elo
Da cadeia de amor, que o prende à vida,
Longe deslizam seus formosos dias.
Coitado! lá no ermo de sua vida,
Eivada de amargura – ele cogita
Os meios de revê-los... mas – suspende
Esse louco desejo. E desvairado,
Errante, sem descanso almeja o dia
Fatal, e derradeiro! É triste vê-lo,
Medonho espectro gotejando sangue!...

Mais tarde fatigado, esmorecido,
Receando – infeliz! dar desagrado
Com a terrível presença aos que o esmolam;
Vai com lânguido passo, os olhos baixos,
Escondido no monte escuro, e negro
Que a noite desdobrou por sobre a terra;
Vai mísero, abatido, e titubeante
Ao casal mais vizinho – o pão amargo
Pedido entre soluços – recebendo!
E logo volve à desolada estrada,
Ao tronco anoso se reclina – e morre!...

(Maria Firmina dos Reis,
em *Cantos à beira-mar*)

# A vida é sonho

*Oferecida ao Ilmo.*
*Sr. Raimundo Marcos Cordeiro.*

*Prova de sincera amizade*

A vida é sonho, – que afanoso sonho!
Há nela gozos de mentido amor;
Porém aquilo que nossa alma almeja
É sonho amargo de aflitiva dor!

Fantasma mudo, que impassível foge,
Se mão ousada a estreitá-lo vai;
Sombra ilusória, fugitiva nuvem,
Folha mirrada, que do tronco cai...

Que vale ao triste sonhador poeta
A noite inteira se volver no leito,
Sonhando anelos – segredando um nome,
Que oculta a todos no abrasado peito?!!...

A vida é sonho, que se esvai na campa,
Sonho dorido, truculento fel,
Longa cadeia, que nos cinge a dor,
Vaso enganoso de absintos, e mel

Se é um segredo que su'alma encerra,
Se é um mistério – revelá-lo a quem?
Se é um desejo – quem fartá-lo pode?
Quem chora as mágoas, que o poeta tem?

Ah! se um segredo lhe devora a vida,
Bem como a flor, o requeimar do dia,
Ele se estorce no afanoso anseio;
Rasga-lhe o peito íntima agonia.

Então compulsa a melindrosa lira,
Seu pobre canto é desmaiada endeixa;
A lira segue merencória, e triste
Pálidos lábios murmurando queixa.

Mas, esse afã – esse querer insano,
Esse segredo, – esse mistério, enfim,
Não é a lira que compr'ende, e farta,
Que a lira geme, mas não sofre assim.

A vida é sonho, duvidar quem pode?
Sonho penoso, que se esvai nos céus!
Esse querer indefinido, e louco,
Só o compr'ende – só o farta – Deus.

(**Maria Firmina dos Reis**,
em *Cantos à beira-mar*)

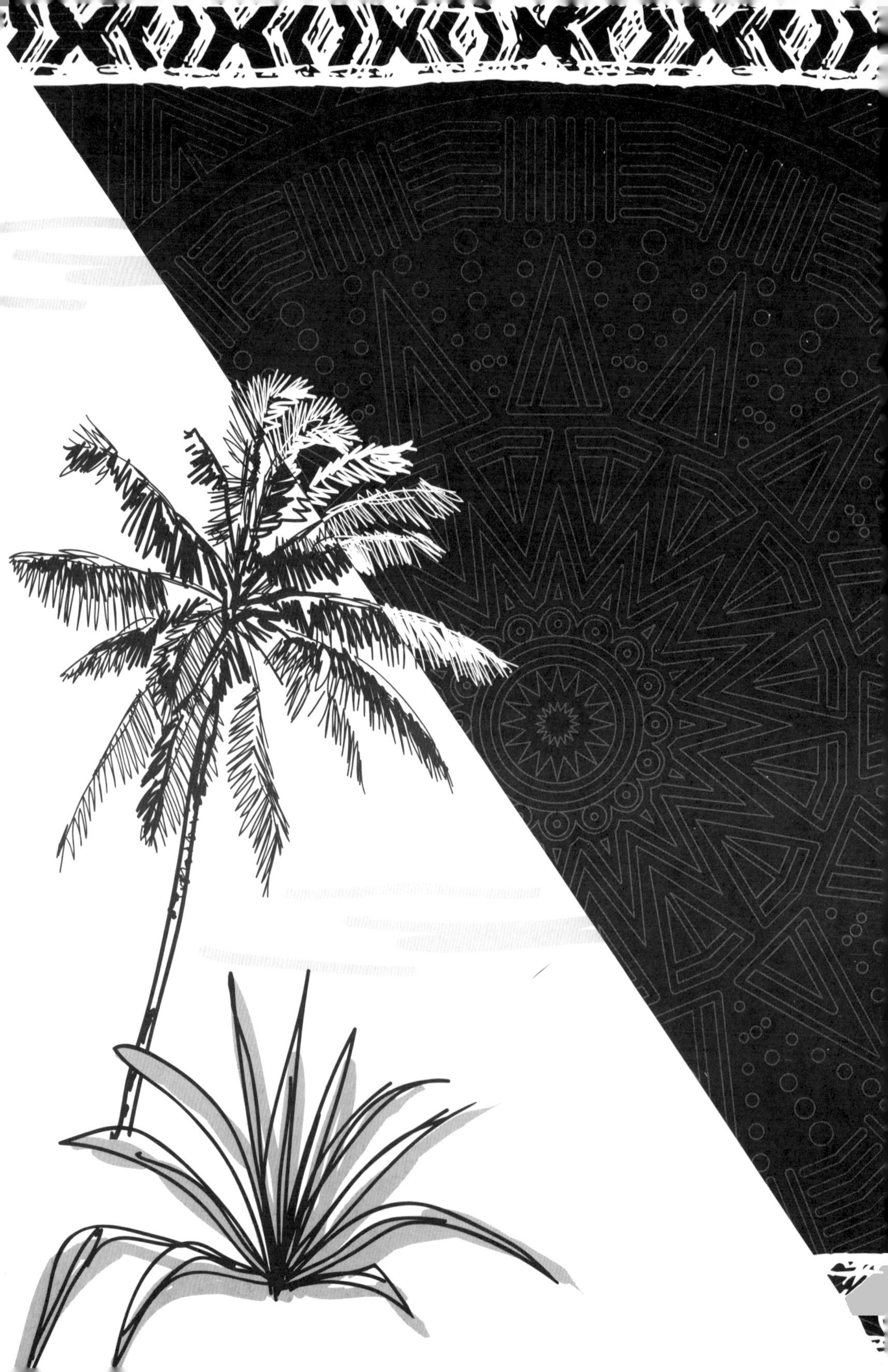

# LUIZ GAMA

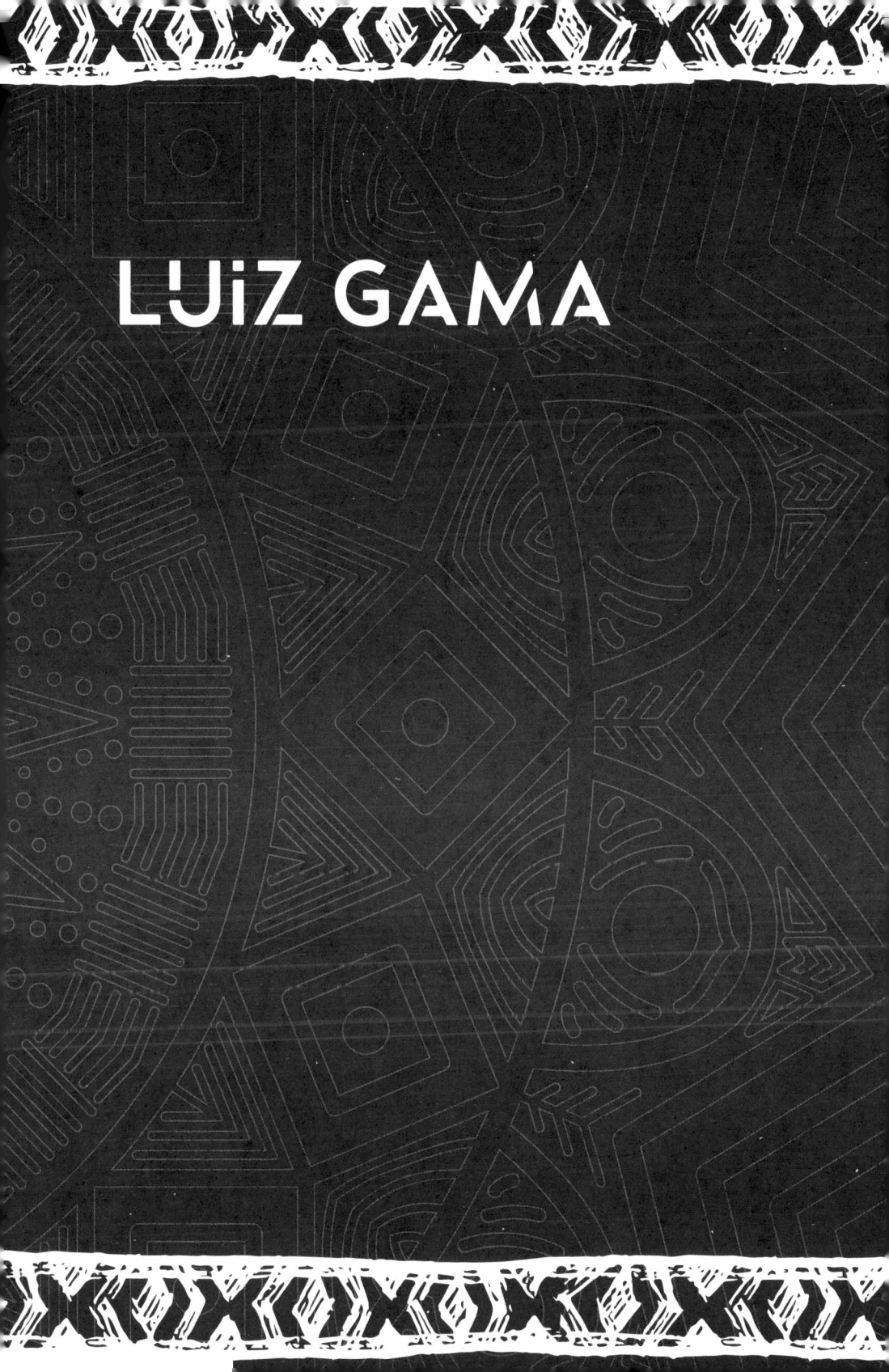

Luiz Gonzaga Pinto da Gama nasceu em 1830, na Bahia, logo após a Proclamação da Independência, e tornou-se o principal abolicionista brasileiro. Filho de uma ex-escravizada livre, da Costa da Mina, chamada de Luísa Mahin, mulher africana e quituteira que vivia na Bahia, e de um homem branco de origem portuguesa, cujo nome não vamos escrever, visto que o próprio filho se recusava a pronunciá-lo. Gama viveu com sua mãe até os 7 anos de idade. Apesar de ter nascido livre, foi vendido como escravo pelo seu pai, a fim de sanar uma dívida de jogo.

Luiz Gama[9] foi autodidata, alfabetizou-se sozinho aos 18 anos e conseguiu sua liberdade ao comprovar que nascera livre. Aos 20 anos, casou-se com Claudina Gama, com quem teve um filho, Benedito Graco Pinto da Gama. No mesmo ano, tentou ingressar oficialmente na faculdade de Direito, mas foi impedido por ser negro e pobre.

Passou a frequentar a biblioteca da Faculdade de Direito de São Paulo, que era, à época, um grande centro intelectual e político. Contando com a ajuda de professores, juristas e outras influências, passou a trabalhar na biblioteca da faculdade, onde estudou sozinho e se tornou um grande advogado. Entretanto, como não poderia advogar sem diploma, ele constantemente pedia licenças por meio de cartas de provisionamento, que geralmente eram concedidas.

Advogado, jornalista e exímio orador, Gama enfrentou o poder jurídico e político pleiteando em favor da população negra na sociedade escravista. Uma das suas grandes

---

9. FERREIRA, Ligia Ferreira. Luiz Gama: um abolicionista leitor de Renan. **Estudos Avançados**, [s. l.], v. 21, n. 60, p. 271-288, 2007. Disponível em: https://www.revistas.usp.br/eav/article/view/10253. Acesso em: 13 jan. 2022.

causas foi a de libertar pessoas que estavam ilegalmente escravizadas. Ele recuperou leis e enfrentou seus pares, que não concordavam com o trabalho que realizava.

Luiz Gama era um leitor voraz. Seu letramento racial e intelectual faziam com que ele fosse respeitado no meio social em que vivia, composto por pessoas, geralmente brancas, com algum status social, político e econômico; uma elite letrada da qual faziam parte poucos negros, ainda vistos como "mulatos". O advogado abriu um escritório de prática jurídica na Praça da Sé, região central e mais importante da capital paulista, e teve um único livro publicado: *Primeiras Trovas Burlescas – coletânea de poemas líricos e de sátira social e política*, que é estudado até os dias atuais.

Gama, por meio do judiciário, conseguiu alforriar centenas de pessoas. Existe uma documentação no Tribunal de Justiça de São Paulo com mais de 500 registros dessas libertações. Sem dúvida, além de muito admirado pela população negra residente em São Paulo, foi o advogado mais importante do século XIX no Brasil.

Contudo, frente aos conflitos sociais e políticos, Gama se colocou como abolicionista e republicano[10]. Não agradou a todos, logo, precisou romper com pessoas importantes do meio em que vivia, que, apesar de serem republicanas, não aceitavam as ideias abolicionistas. Lutar pelo fim da escravidão foi um dos principais objetivos da sua vida.

---

10. FERREIRA, Ligia Ferreira (org.). **Lições de resistência**: artigos de Luiz Gama na imprensa de São Paulo e do Rio de Janeiro. São Paulo: Edições Sesc SP, 2020.

A partir de 1864, o advogado tornou-se também um grande jornalista. Fundou o jornal *Diabo Coxo*, de cunho humorístico e, pouco tempo depois, o *Jornal Radical Paulistano*, em parceria com Rui Barbosa.

Luiz Gama desejou, lutou, mas não chegou a ver a abolição da escravatura. Faleceu sete anos antes, vitimado por complicações da diabetes. Entretanto, ele foi e é considerado o precursor do abolicionismo no Brasil.

Os registros apontam que, no dia de seu sepultamento, pessoas humildes e membros da elite paulistana fizeram uma caminhada apoteótica[11] levando seu corpo até o cemitério da Consolação, onde permanece até hoje.

A caminhada continua. Há alguns anos, participantes do Movimento Negro fazem a marcha em homenagem ao abolicionista. O trajeto começa no Cemitério da Consolação, passa pelo Sindicato dos Jornalistas e vai até o Largo do Arouche, onde, desde 1931, encontra-se seu busto.

Em 2021, a Universidade de São Paulo outorgou o título póstumo de doutor honoris causa a Luiz Gama. Essa foi a primeira vez que a universidade outorga um título a uma pessoa negra brasileira. No mesmo ano foi lançado, nas telas dos cinemas, um filme contando a história do advogado: *Doutor Gama* percorreu o Brasil e foi apresentado na TV aberta no mês da Consciência Negra.

---

11. POMPEU, Roberto. Luiz Gama, o abolicionista. **Portal Gelédes** – Instituto da Mulher Negra. São Paulo, 06 maio 2015. Disponível em: https://www.geledes.org.br/luiz-gama-o-abolicionista/. Acesso em: 19 dez. 2021.
12. Instituto Luiz Gama: organização em defesa dos direitos humanos e das minorias. A instituição intermediou e possibilitou que o título honorário de advogado fosse atribuído a Luiz Gama, em 2015.

Institutos[12], coletivos de estudantes, revistas, dissertações e teses levam o nome do Patrono do Abolicionismo no Brasil: Doutor Luiz Gama.

# Coleirinho

*Assim o escravo agrilhoado canta.*
*(Tíbulo)*

Canta, canta Coleirinho,
Canta, canta, o mal quebranta;
Canta, afoga mágoa tanta
Nessa voz de dor partida;
Chora, escravo, na gaiola
Terna esposa, o teu filhinho,
Que, sem pai, no agreste ninho,
Lá ficou sem ti, sem vida.

Quando a roxa aurora vinha
Manso e manso, além dos montes,
De ouro orlando os horizontes,
Matizando as crespas vagas,
– Junto ao filho, à meiga esposa
Docemente descantavas,
E na luz do sol banhavas
Finas penas – noutras plagas.

Hoje triste já não trinas,
Como outr'ora nos palmares;
Hoje, escravo, nos solares
Não te embala a dúlia brisa;
Nem se casa aos teus gorjeios
O gemer das gotas alvas
– Pelas negras rochas calvas –
Da cascata que desliza.

Não te beija o filho tenro,
Não te inspira a fonte amena,
Nem dá lua a luz serena
Vem teus ferros pratear.
Só de sombras carregado,
Da gaiola no poleiro
Vem o tredo cativeiro,
Mágoas e prantos acordar.

Canta, canta Coleirinho,
Canta, canta, o mal quebranta;
Canta, afoga mágoa tanta
Nessa voz de dor partida;
Chora, escravo, na gaiola
Terna esposa, o teu filhinho,
Que sem pai, no agreste ninho,
Lá ficou sem ti, sem vida.

(Luiz Gama, em *Trovas burlescas*)

# Sortimento de gorras

*(Para gente de grande tom)*

*Seja um sábio o fabricante,*
*Seja a fábrica mui rica,*
*Quem carapuças fabrica*
*Sofre um dissabor constante:*
*Obra pronta, voa errante,*
*Feita avulso, e sem medida;*
*Mas no voo suspendida,*
*Por qualquer que lhe apareça,*
*Lá lhe fica na cabeça,*
*Té as orelhas metidas.*
*(Faustino Xavier de Novais)*

Se o grosseiro alveitar ou charlatão
Entre nós se proclama sabichão;
E, com cartas compradas na Alemanha,
Por anil nos impinge *ipecacuanha*[13];
Se mata, por honrar a Medicina,
Mais voraz do que uma ave de rapina;

---

13. (*Psychotria ipecacuanha*). Planta muito utilizada para provocar o vômito.

E num dia, se errando na receita,
Pratica no mortal cura perfeita;
Não te espantes, ó Leitor, da novidade,
Pois tudo no Brasil é raridade!

Se os nobres desta terra, empanturrados,
Em Guiné têm parentes enterrados;
E, cedendo à prosápia, ou duros vícios,
Esquecendo os negrinhos seus patrícios;
Se mulatos de cor esbranquiçada,
Já se julgam de origem refinada,
E curvos à mania que domina,
Desprezam a *vovó* que é preta-mina: –
Não te espantes, ó Leitor, da novidade,
Pois tudo no Brasil é raridade!

Se o Governo do Império Brasileiro,
Faz coisas de espantar o mundo inteiro,
Transcendendo o Autor da geração,
O jumento transforma em *sor Barão*;
Se o estúpido matuto, apatetado,
Idolatra o papel de mascarado;
E fazendo-se o lorpa deputado,
N'Assembleia vai dar seu – *apolhado*!
Não te espantes, ó Leitor, da novidade,
Pois tudo no Brasil é raridade!

Se impera no Brasil o patronato,
Fazendo que o Camelo seja Gato,
Levando o seu domínio a ponto tal,
Que torna em sapiente o *animal*;
Se deslustram honrosos pergaminhos
Patetas que nem servem p'ra meirinhos
E que sendo formados Bacharéis,
Sabem menos do que pecos bedéis:
Não te espantes, ó Leitor, da novidade,
Pois que tudo no Brasil é raridade!

Se temos Deputados, Senadores,
Bons Ministros, e outros chuchadores;
Que se aferram às tetas da Nação
Com mais sanha que o Tigre, ou que o Leão;
Se já temos calçados – *mac-lama*[14],
Novidade que esfalfa a voz da Fama,
Blasonando as gazetas – que há progresso,
Quando tudo caminho p'ro regresso:
Não te espantes, ó Leitor, da pepineira,
Pois que tudo no Brasil é chuchadeira!

Se contamos vadios empregados,
Porque são de potências afilhados,
E sucumbe, à matroca, abandonado,
O homem de critério, que é honrado;

---

14. Referente a "macadame", tipo de calçamento de pedras que era utilizado nas ruas lamacentas das cidades brasileiras. (FERREIRA, 2000).

Se temos militares de trapaça,
Que da guerra jamais viram fumaça,
Mas que empolgam chistosos ordenados,
Que ao povo, sem sentir, são arrancados:
Não te espantes, ó Leitor, da pepineira,
Pois que tudo no Brasil é chuchadeira!

Se faz oposição o Deputado,
Com discurso medonho, enfarruscado;
E pilhado a maminha da lambança,
Discrepa do papel, e faz mudança;
Se esperto capadócio ou maganão,
Alcança de um jornal a redação,
E com quanto não passe de um birbante,
Vai fisgando o metal aurissonante:
Não te espantes, ó Leitor, da pepineira,
Pois que tudo no Brasil é chuchadeira!

Se a guarda que se diz – Nacional,
Também tem caixa-pia, ou musical,
E da qual dinheiro se evapora,
Como o – Mal – da boceta de Pandora;
Se depois por chamar nova pitança,
Se depois se conserva a – Esperança;
E nisto resmungando o cidadão
Lá vai ter ao calvário da prisão;
Não te espantes, ó Leitor, da pepineira,
Pois que tudo no Brasil é chuchadeira!

Se temos majestosas Faculdades,
Onde imperam egrégias potestades,
E, apesar das luzes dos mentores,
Os burregos também saem Doutores;
Se varões de preclara inteligência,
Animam a defender a decadência,
E a Pátria sepultando em vil desdouro,
Perjuram como Judas – só por ouro:
É que o sábio, no Brasil, só quer lambança,
Onde possa empantufar a larga pança!

Se a Lei fundamental – *Constipação*,
Faz papel de falaz camaleão,
E surgindo no tempo de eleições,
Aos patetas ilude, aos toleirões;
Se luzidos Ministros, d'alta escolha,
Com jeito, também mascam *grossa rolha*;
E clamando que – são *independentes* –,
Em segredo recebem bons presentes:
É que o sábio, no Brasil, só quer lambança,
Onde possa empantufar a larga pança!

Se a Justiça, por ter olhos vendados,
É vendida, por certos Magistrados,
Que o pudor aferrando na gaveta,
Sustentam – que o Direito é pura peta;
E se os altos poderes sociais,
Toleram estas cenas imorais;

Se não mente o rifão, já mui sabido:
*Ladrão que muito furta é protegido* –
É que o sábio, no Brasil, só quer lambança,
Onde possa empantufar a larga pança!

Se ardente campeão da liberdade,
Apregoa dos povos a igualdade,
*Libelos* escrevendo formidáveis,
Com frases de peçonha impenetráveis;
Já do Céu perscrutando alta eminência
Abandona os troféus da inteligência;
Ao som d'aragem se curva, qual vilão,
O nome vende, a glória, a posição:
É que o sábio, no Brasil, só quer lambança,
Onde possa empantufar a larga pança!

E se eu, que amigo sou da patuscada,
Pespego no Leitor esta maçada;
Que já sendo avezado ao sofrimento,
Bonachão se tem feito pachorrento;
Se por mais que me esforce contra o vício
Desmontar não consigo o artifício;
E quebrando a cabeça do Leitor
De um tarelo não passo, ou falador;
É que tudo que não cheira a pepineira
Logo tacham de maçante frioleira.

(**Luiz Gama**, em *Trovas burlescas*)

# No cemitério de S. Benedito

*Da cidade de S. Paulo*
*Também do escravo a humilde sepultura*
*Um gemido merece de saudade:*
*Ah caia sobre ela uma só lágrima*
*De gratidão ao menos.*

(Dr. Bernardo Guimarães)

Em lúgubre recinto escuro e frio,
Onde reina o silêncio aos mortos dado,
Entre quatro paredes descoradas,
Que o caprichoso luxo não adorna,
Jaz de terra coberto humano corpo,
Que escravo sucumbiu, livre nascendo!
Das hórridas cadeias desprendido,
Que só forjam sacrílegos tiranos,
Dorme o sono feliz da eternidade.

Não cercam a morada lutuosa
Os salgueiros, os fúnebres ciprestes,
Nem lhe guarda os umbrais da sepultura
Pesada laje de espartano mármore,
Somente levantado em quadro negro
Epitáfio se lê, que impõe silêncio!
– Descansam neste lar caliginoso
O mísero cativo, o desgraçado!...

Aqui não vem rasteira a vil lisonja
Os feitos decantar da tirania,
Nem ofuscando a luz da sã verdade
Eleva o crime, perpetua a infâmia.

Aqui não se ergue altar ou trono d'ouro
Ao torpe mercador de carne humana.
Aqui se curva o filho respeitoso
Ante a lousa materna, e o pranto em fio
Cai-lhe dos olhos revelando mudo
A história do passado. Aqui nas sombras
Da funda escuridão do horror eterno,
Dos braços de uma cruz pende o mistério,
Faz-se o cetro bordão, andrajo a túnica,
Mendigo o rei, o potentado escravo!

(Luiz Gama, em *Trovas burlescas*)

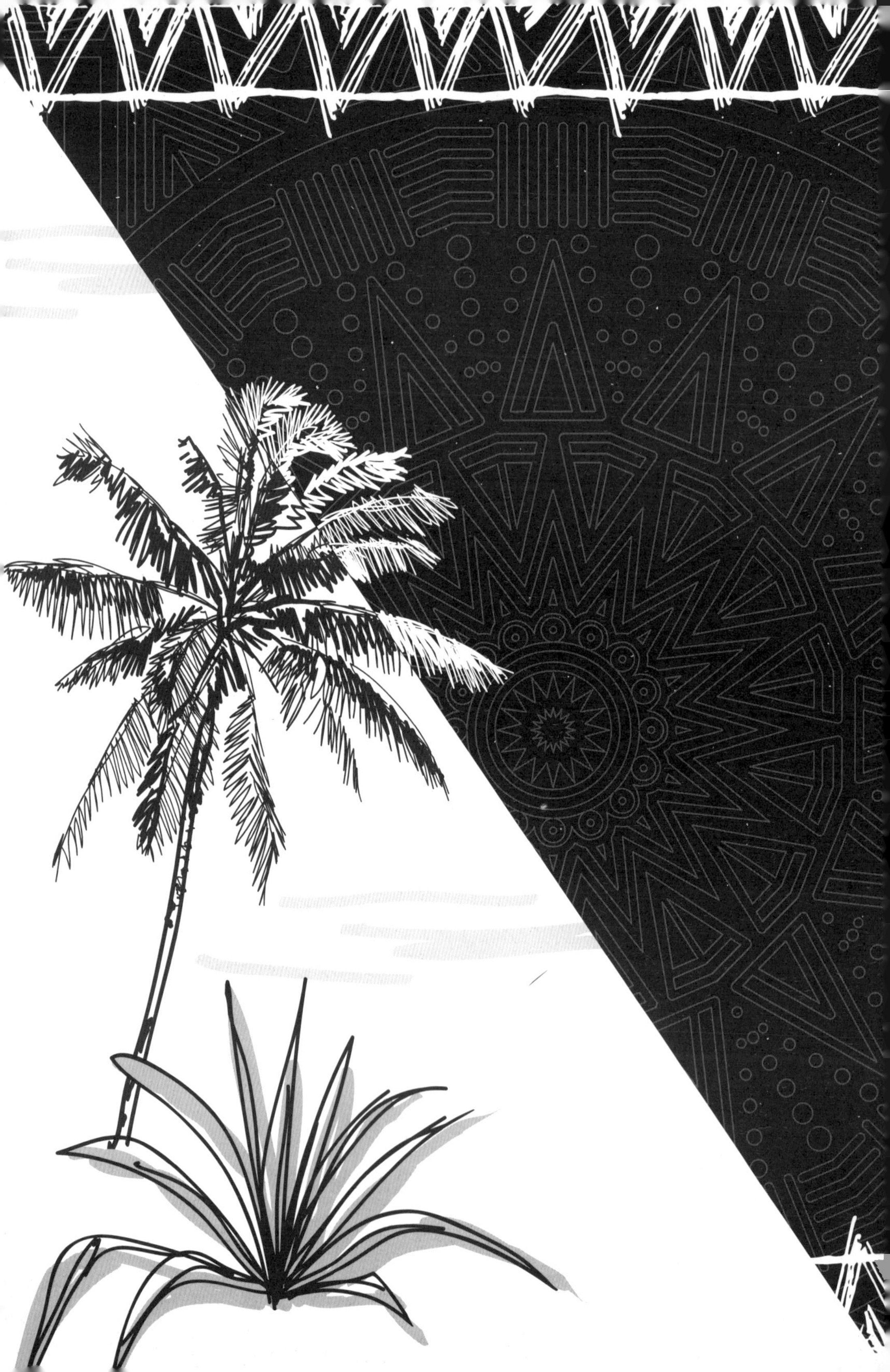

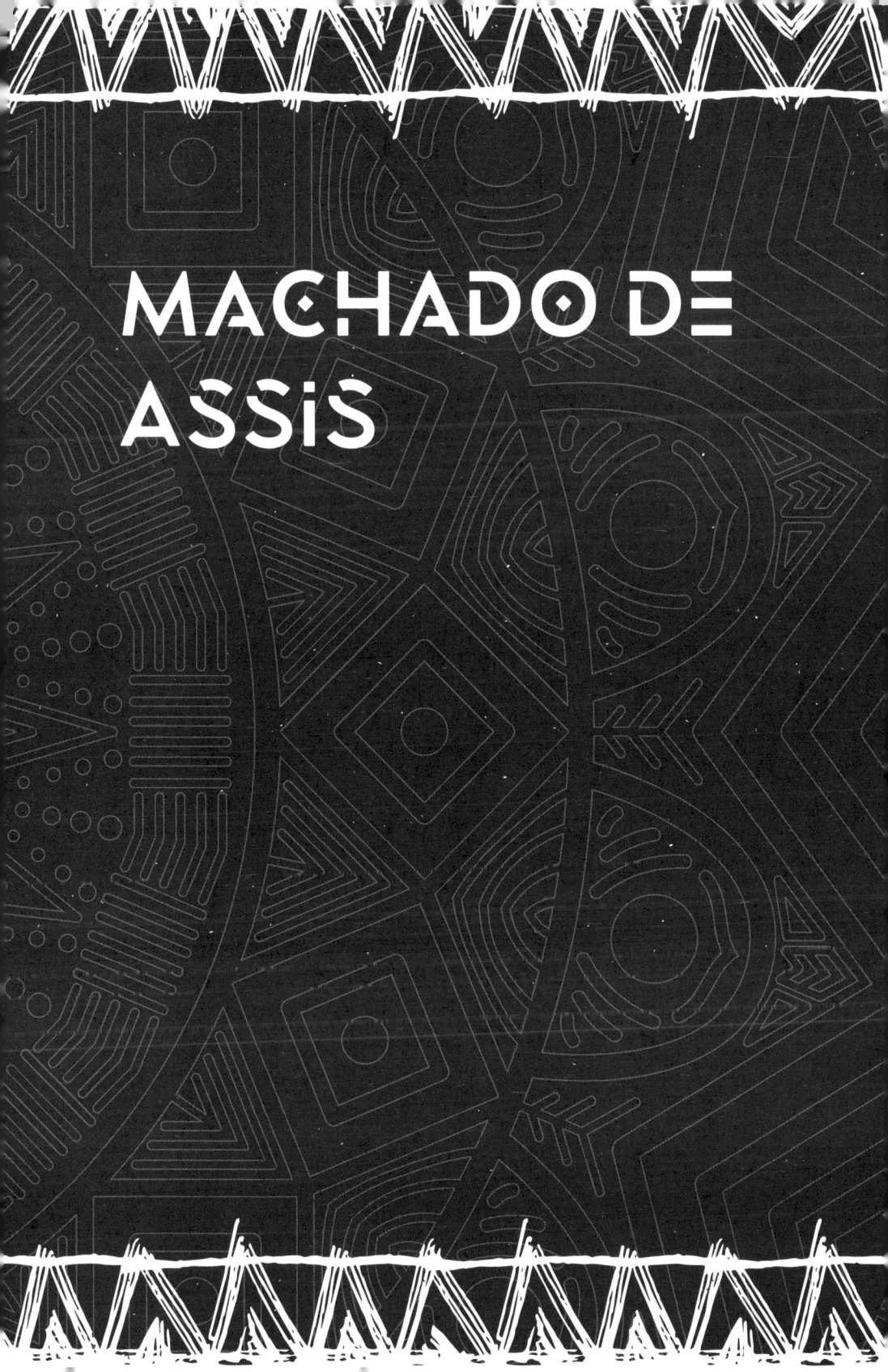

# MACHADO DE ASSIS

Em junho de 1839, 49 anos antes da abolição da escravatura, nasceu, no Rio de Janeiro, Joaquim Maria Machado de Assis, o escritor de *Memórias Póstumas de Brás Cubas* e outros grandes clássicos da literatura brasileira.

Filho de Francisco de Assis, um homem negro pintor de paredes, e de Maria Leopoldina da Câmara Machado, uma imigrante portuguesa, foi um dos principais nomes da literatura do século XIX, juntamente de Maria Firmina dos Reis, Paula Brito, Luiz Gama e Cruz e Sousa.

Morador do bairro do Livramento, Machado de Assis teve uma educação formal, frequentou a escola pública e a igreja do bairro, onde começou a aprender latim com um dos padres da capela[15]. O garoto, criativo e curioso, também aprendeu francês com um funcionário da padaria local. Iniciou seus escritos ainda na adolescência e, aos 15 anos, teve seu poema *Ela*, publicado no Jornal *A Marmota*, do editor e tipógrafo Paula Brito.

Machado era frequentador da Sociedade Petalógica, fundada por Francisco de Paula Brito. Tratava-se de uma sociedade sem estatutos, como diziam seus ilustres frequentadores: José de Alencar, João Caetano, Gonçalves Dias, e outros que tiveram seus escritos editados pela Tipografia Dous de Dezembro. Aos 22 anos, Machado de Assis tornou-se editor do jornal *A Marmota*, também criado por Paula Brito, uma publicação quinzenal que trazia artigos sobre moda e variedades.

---

15. CASTELLO, José Aderaldo. Ideário crítico de Machado de Assis (breve contribuição para o estudo de sua obra). **Machado de Assis em linha**, Rio de Janeiro, v. 6, n. 12, p. 01-14, dezembro, 2013. Disponível em: https://www.scielo.br/j/mael/a/STcmSFyGfqDyBMJzg3nQY8h/?format=pdf&lang=pt. Acesso em: 15 dez. 2021.

O escritor circulava nos meios literário e jornalístico da capital do Império, assumindo, mais tarde, a redação de alguns jornais como *O Diário do Rio de Janeiro*, o Jornal das Famílias e o Jornal do Senado. Tornou-se, ao longo da vida, além de poeta, um importante crítico, teatrólogo e cronista.

O talento e a fama de Machado se espalharam pela capital, rendendo a titulação de "Cavaleiro da Ordem da Rosa" concedido pelo próprio imperador, após a publicação de *Crisálidas*, seu primeiro livro de poemas. Posteriormente, foi nomeado como diretor do Diário Oficial, iniciando uma carreira burocrática e, mais tarde, assumindo a Secretaria do Ministério da Agricultura. Juntamente a outros intelectuais, fundou, em 1896, a Academia Brasileira de Letras.

Antes disso, o escritor lançou o livro *Memórias Póstumas de Brás Cubas* (1881), um dos romances mais importantes da literatura brasileira. Machado de Assis inovou ao criar um personagem que narra sua própria história após sua morte, permitindo o uso de artifícios psicológicos e manipulações de fatos. O livro também traz uma contundente crítica à elite carioca de sua época.

Sem dúvida, *Memórias Póstumas de Brás Cubas* revolucionou a literatura, inaugurando o movimento realista no Brasil, que tinha como principais características a retratação da vida social, principalmente das desigualdades, a crítica à igreja, uma visão científica dos acontecimentos e uma análise profunda da psicologia humana.

Machado de Assis lançou outros livros que fizeram sua escrita e seu nome perpetuarem-se até a atualidade. São eles: *O Alienista* (1882); *A Mão e a Luva* (1874); *Quincas Borba* (1891); *Dom Casmurro* (1899); *Esaú e Jacó* (1904); *Helena* (1876); *O Espelho* (1882); *Histórias sem Data* (1884), entre outros.

Homem negro, pobre, com problemas de saúde e gago, construiu seu conhecimento sozinho, uma vez que viveu numa sociedade fundamentalmente racista e elitista. Obteve apoio de homens negros, como Paula Brito, que lhe deu a primeira oportunidade de se aproximar da cena literária carioca[16].

---

16. COSTA, Maria Cristiane Alves. Et al. Vida e obra de Machado de Assis: suas semelhanças e diferenças. **Revista Científica Multidisciplinar Núcleo do Conhecimento.** Ano 05, Ed. 08, Vol. 05, pp. 05-14. Disponível em: https://www.nucleodoconhecimento.com.br/literatura/vida-e-obra. Acesso em: 18 jan. 2022.

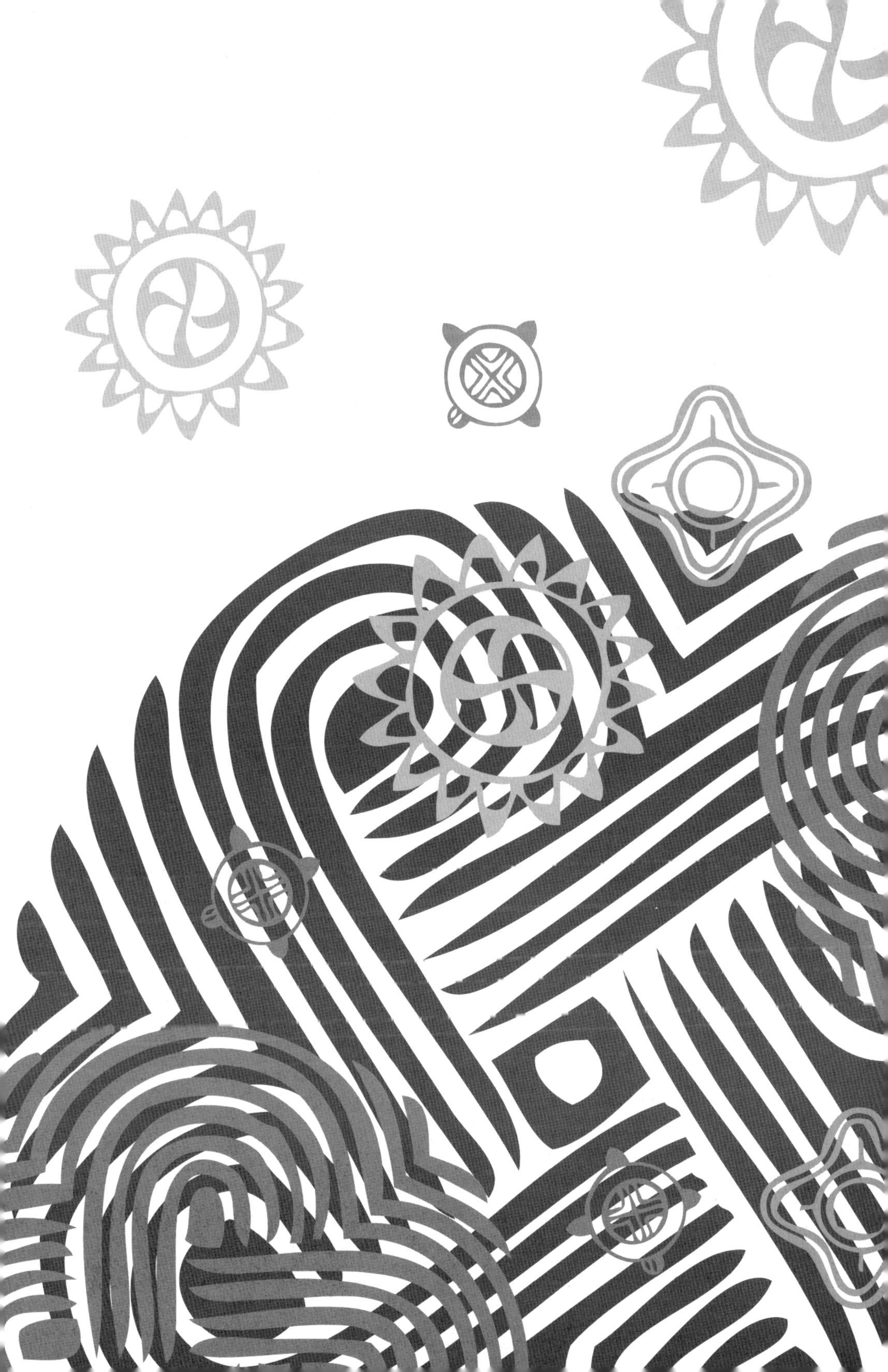

# Cólera do Império

(1865)

De pé! – Quando o inimigo o solo invade
Ergue-se o povo inteiro; e a espada em punho
É como um raio vingador dos livres!

Que espetáculo é este! – Um grito apenas
Bastou para acordar do sono o império!
Era o grito das vítimas. No leito,
Em que a pusera Deus, o vasto corpo
Ergue a imensa nação. Fulmíneos olhos
Lança em torno de si: – lúgubre aspecto
A terra patenteia; o sangue puro,
O sangue de seus filhos corre em ondas
Que dos rios gigantes da floresta
Tingem as turvas, assustadas águas.
Talam seus campos legiões de ingratos.
Como um cortejo fúnebre, a desonra
E a morte as vão seguindo, e as vão guiando,
Ante a espada dos bárbaros, não vale
A coroa dos velhos; a inocência
Debalde aperta ao seio as vestes brancas...

É preciso cair. Pudor, velhice,
Não nos conhecem eles. Nos altares
Daquela gente, imola-se a virtude!

O império estremeceu. A liberdade
Passou-lhe às mãos o gládio sacrossanto,
O gládio de Camilo. O novo Breno
Já pisa o chão da pátria. Avante! avante!
Leva de um golpe aquela turba infrene!
É preciso vencer! Manda a justiça,
Manda a honra lavar com sangue as culpas
De um punhado de escravos. Ai daquele
Que a face maculou da terra livre!
Cada palmo do chão vomita um homem!
E do Norte, e do Sul, como esses rios
Que vão, sulcando a terra, encher os mares,
À falange comum os bravos correm!

Então (nobre espetáculo, só próprio
De almas livres!) então rompem-se os elos
De homens a homens. Coração, família,
Abafam-se, aniquilam-se: perdura
Uma ideia, a da pátria. As mães sorrindo
Armam os filhos, beijam-nos; outrora
Não faziam melhor as mães de Esparta.

Deixa o tálamo o esposo; a própria esposa
É quem lhe cinge a espada vingadora.
Tu, brioso mancebo, às aras foges,
Onde himeneu te espera; a noiva aguarda
Cingir mais tarde na virgínea fronte
Rosas de esposa ou crepe de viúva.

E vão todos, não pérfidos soldados
Como esses que a traição lançou nos campos;
Vão como homens. A flama que os alenta
É o ideal esplêndido da pátria.
Não os move um senhor; a veneranda
Imagem do dever é que os domina.
Esta bandeira é símbolo; não cobre,
Como a deles, um túmulo de vivos.
Hão de vencer! Atônito, confuso,
O covarde inimigo há de abater-se;
E da opressa Assunção transpondo os muros
Terá por prêmio a sorte dos vencidos.

Basta isso? Ainda não. Se o império é fogo,
Também é luz: abrasa, mas aclara.
Onde levar a flama da justiça,
Deixa um raio de nova liberdade.
Não lhe basta escrever uma vitória,
Lá, onde a tirania oprime um povo;

Outra, tão grande, lhe desperta os brios;
Vença uma vez no campo, outra nas almas;
Quebre as duras algemas que roxeiam
Pulsos de escravos. Faça-os homens.

Treme,
Treme, opressor, da cólera do império!
Longo há que às tuas mãos a liberdade
Sufocada soluça. A escura noite
Cobre de há muito o teu domínio estreito;
Tu mesmo abriste as portas do Oriente;
Rompe a luz; foge ao dia! O Deus dos justos
Os soluços ouviu dos teus escravos,
E os olhos te cegou para perder-te!

O povo um dia cobrirá de flores,
A imagem do Brasil. A liberdade
Unirá como um elo estes dous povos.
A mão, que a audácia castigou de ingratos,
Apertará somente a mão de amigos.
E a túnica farpada do tirano,
Que inda os quebrados ânimos assusta,
Será, aos olhos da nação remida,
A severa lição de extintos tempos!

(Machado de Assis, *Poemas dispersos*)

# Minha Musa

*RJ, 22 fev. 1856*

A Musa, que inspira meus tímidos cantos,
É doce e risonha, se amor lhe sorri;
É grave e saudosa, se brotam-lhe os prantos.
Saudades carpindo, que sinto por ti.

A Musa, que inspira-me os versos nascidos
De mágoas que sinto no peito a pungir,
Sufoca-me os tristes e longos gemidos
Que as dores que oculto me fazem trair.

A Musa, que inspira-me os cantos de prece,
Que nascem-me d'alma, que envio ao Senhor.
Desperta-me a crença, que às vezes 'dormece
Ao último arranco de esp'ranças de amor

A Musa, que o ramo das glórias enlaça,
Da terra gigante – meu berço infantil,
De afetos um nome na ideia me traça,
Que o eco no peito repete: – Brasil!

A Musa, que inspira meus cantos é livre,
Detesta os preceitos da vil opressão,
O ardor, a coragem do herói lá do Tibre,
Na lira engrandece, dizendo: – Catão!

O aroma de esp'rança, que n'alma recende,
É ela que aspira, no cálix da flor;
É ela que o estro na fronte me acende,
A Musa que inspira meus versos de amor!

**(Machado de Assis, em *Poemas dispersos*)**

# Daqui deste âmbito estreito

Daqui, deste âmbito estreito,
Cheio de risos e galas,
Daqui, onde alegres falas
Soam na alegre amplidão,
Volvei os olhos, volvei-os
A regiões mais sombrias,
Vereis cruéis agonias,
Terror da humana razão.

Trêmulos braços alçando,
Entre os da morte e os da vida,
Solta a voz esmorecida,
Sem pão, sem água, sem luz,
Um povo de irmãos, um povo
Desta terra brasileira,
Filhos da mesma bandeira,
Remidos na mesma cruz.

A terra lhes foi avara,
A terra a tantos fecunda;
Veio a miséria profunda,
A fome, o verme voraz.
A fome? Sabeis acaso
O que é a fome, esse abutre
Que em nossas carnes se nutre
E a fria morte nos traz?

Ao céu, com trêmulos lábios,
Em seus tormentos atrozes
Ergueram súplices vozes,
Gritos de dor e aflição;
Depois as mãos estendendo,
Naquela triste orfandade,
Vêm implorar caridade,
Mais que à bolsa, ao coração.

O coração... sois vós todos,
Vós que as súplicas ouvistes;
Vós que às misérias tão tristes
Lançais tão espesso véu.
Choverão bênçãos divinas
Aos vencedores da luta:
De cada lágrima enxuta
Nasce uma graça do céu.

(Machado de Assis, em *Poemas dispersos*)

# Dai à obra de Marta um pouco de Maria[17]

Dai à obra de Marta um pouco de Maria,
Dai um beijo de sol ao descuidado arbusto;
Vereis neste florir o tronco erecto e adusto,
E mais gosto achareis naquela e mais valia.

A doce mãe não perde o seu papel augusto,
Nem o lar conjugal a perfeita harmonia.
Viverão dous aonde um até 'qui vivia,
E o trabalho haverá menos difícil custo.

---

17. Referência à passagem bíblica Lucas 10:38-42. Sobre o uso da Bíblia na causa abolicionista, Eduardo de Assis Duarte indica que a literatura do século XIX foi " [...] um espaço esteticamente branco, no qual pontificam heróis construídos a partir da perspectiva europeia, portadora quase sempre de uma axiologia cristã, mas, também, a própria tradição literária que vige no Brasil nos remete à Europa e não à África." (apud PROENÇA, 2015, p. 89-90).

Urge a vida encarar sem a mole apatia,
Ó mulher! Urge pôr no gracioso busto,
Sob o tépido seio, um coração robusto.

Nem erma escuridão, nem mal-aceso dia.
Basta um jorro de sol ao descuidado arbusto,
Basta à obra de Marta um Pouco de Maria.

**(Machado de Assis, em *Poemas dispersos*)**

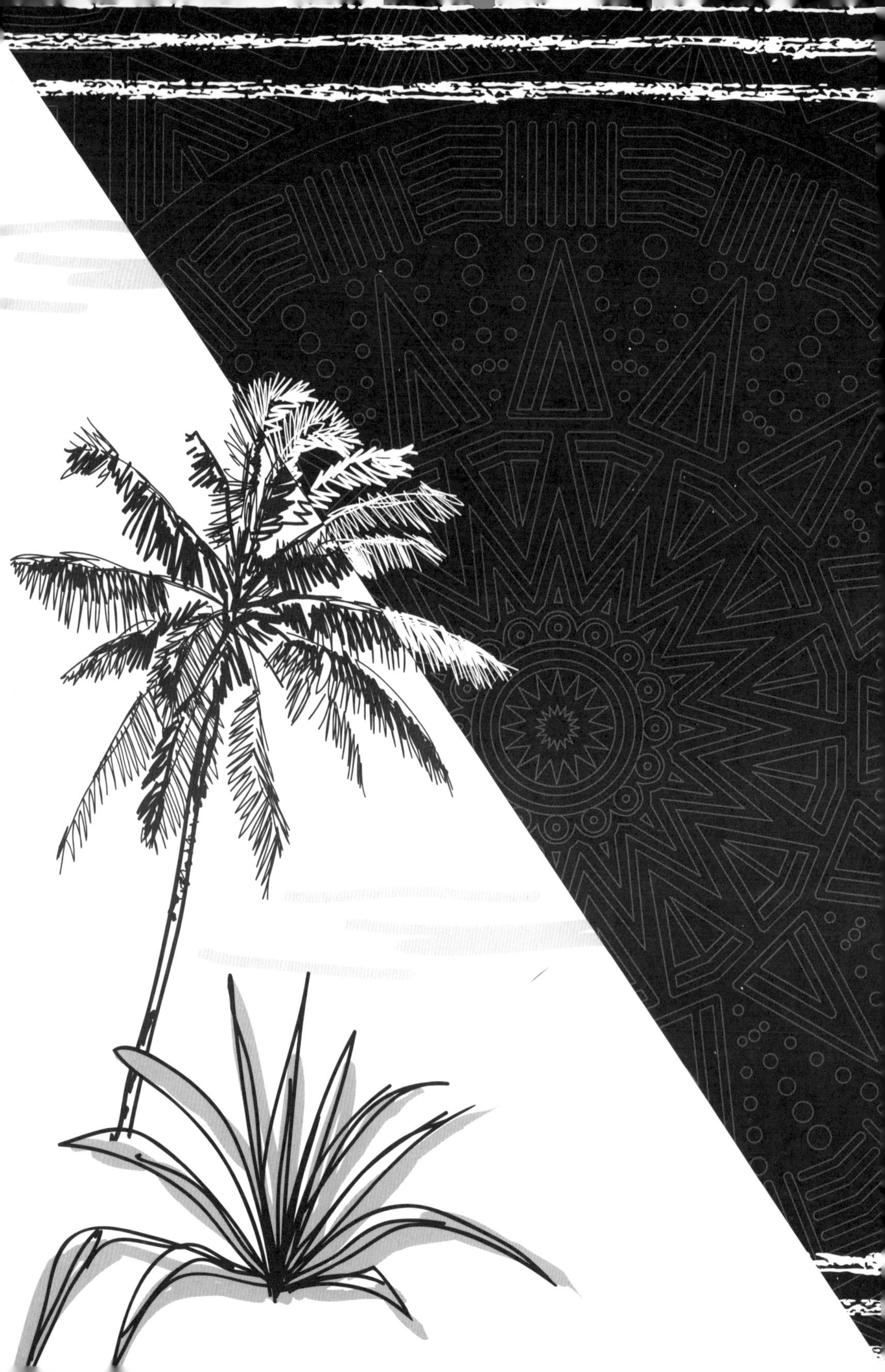

# FRANCISCO DE PAULA BRITO

> *Nos fundos da casa de Paula Brito nasceu em uma tarde a Petalógica, sociedade sem estatutos onde toda a fantasia era permitida. A palavra Petalógica vinha de peta, mentira, mas, naqueles dias românticos supunham-na derivada de "pétala" os não iniciados que dela ouviram falar. João Caetano ria! As petas da Petalógica! Machado de Assis ria! Cuidavam muitos.*
>
> *(Diário do Rio de Janeiro, 11/09/1864).*

Francisco de Paula Brito (1809-1861) nasceu na cidade do Rio de Janeiro. Por sua condição econômica desfavorável, não teve acesso à educação formal, entretanto, tornou-se um dos principais editores da literatura brasileira.

Além de poeta, foi tipógrafo e livreiro. Sua livraria era ponto de encontro e reunião para grandes escritores no século XIX, e foi associada ao movimento do Romantismo. Em 1850, ainda na pré-abolição, ele inaugurou a Typographia Dous de Dezembro, tornando-se o primeiro empresário negro na cidade do Rio de Janeiro.

Nos registros históricos, consta que Paula Brito não pertenceu à sociedade abolicionista, mas era contra a escravidão, defensor da igualdade racial e dos direitos civis. Ele expressava sua consternação e suas opiniões políticas nos pasquins que ele próprio produzia, na tentativa de tornar pública a discussão racial. Eis um dos versos:

Si não tem o povo nelas
Do que nós mais liberta
Si as classes não se nivellão
Por huma lei d'igualdade
Si homem de cor nos estados
Unidos (falemos francos)
Onde barbeao-se os brancos

Foi em torno da Sociedade Petalógica, uma espécie de clube literário que privilegiava o humor, que Francisco de Paula Brito[18], mais conhecido como Paula Brito, reunia escritores, poetas e ativistas políticos de diversos lugares do Rio de Janeiro e de fora dele, vindos de diferentes classes sociais. Os encontros eram regados a boas risadas e discussões políticas sobre a situação da população brasileira. Além disso, saraus eram promovidos, com cantos e danças como o Lundum e as modinhas da época. A palavra "petalógica" vinha de *peta*, que significa mentira. Machado de Assis, João Caetano, José de Alencar, Gonçalves Dias, entre outros nomes importantes do período, eram frequentadores da Petalógica, inclusive, Machado teve seu primeiro poema publicado em *A Murmota*, jornal que pertencia a Paula Brito, que, mais tarde, tornou-se o editor do jornal.

---

18. MUSEU AFRO BRASIL. História e Memória – Francisco de Paula Brito. [s.d]. Disponível em: http://www.museuafrobrasil.org.br/pesquisa/hist%C3%B3ria--e-mem%C3%B3ria/historia-e-memoria/2014/12/30/francisco-de-paula-brito. Acesso em: 27 dez. 2021.

Na época da fundação da Petalógica, o Brasil estava dividido entre os Farroupilhas e os Caramurus, e explodiam diversas revoltas no país, como a Revolta dos Malês, em Salvador (1835); e a Revolta de Carrancas, em Minas Gerais (1833). As discussões políticas eram frequentes, no entanto, havia um lugar reservado para poesia, contos, danças e artigos que expressavam o momento social vivido[19].

Um dos periódicos mais importantes lançados por Paula Brito foi *O Homem de Cor*: Lafuente e outras figuras dedicadas à luta antirracismo escreviam sobre a importância da equidade racial de direitos aos cidadãos brasileiros, principalmente para ocupar cargos públicos, civis e militares. Era dessa forma, publicando artigos dos abolicionistas, que o editor expressava sua luta.

O lançamento desse periódico, a fundação da Sociedade Petalógica, a abertura da livraria e da tipografia não bastaram para Francisco de Paula Brito. Em 1832, ele lançou a primeira revista dedicada às mulheres, visto que seu público feminino havia crescido consideravelmente. *A mulher do simplício*, ou *A Fluminense Exaltada*, causou um grande alvoroço na cena editorial brasileira e inovou com a aceitação dos poetas e escritores que, até então, não concebiam a ideia de abrir espaço no cenário literário para as mulheres.

Depois de *A mulher do simplício*, Paula Brito editou outros três grandes jornais que marcaram a época:

---

19. ALVES, Valeria. Admirável Paula Brito: um homem à frente de sua época. **O Menelick 2º Ato.** Rio de Janeiro, jul. 2011. Disponível em: http://www.omenelick2ato.com/historia-e-memoria/admiravel-paula-brito. Acesso em: 03 jan. 2022.

*A Marmota da Corte* (1849); *Marmota Fluminense* (1852); *A Marmota* (1857). O editor Francisco de Paula Brito faleceu em 1861, deixando um grande legado na história da editoração brasileira.

Si não tem o povo nellas,
do que nós mais liberta
Si as classes não se nivellão
por huma lei d'igualdade

Si homem de cor nos estados
Unidos (fallemos francos)
Infeliz, não faz a barba,
Onde barbeao – se os brancos

**(Francisco de Paula Brito,**
poesia publicada em periódicos)

# Soneto[20]

O que viste, poeta? – O que não viste.
Ganhas ou perdes? – Perco a liberdade.
Que viste, pois? – Vi uma divindade.
Que ao teu amor resiste? – Não resiste.

Em amar-te, persiste? – Não persiste.
A verdade não falas? – A verdade!
Que almejas em querê-la? – A f'licidade.
Pois há isso sem amor? – Só nele existe.

Cede, poeta, de lutar! – Não cedo.
Tens lições para amores? – As da história.
Deves temer? – De nada tenho medo.

É notória a paixão? – Não é notória.
Se tu perdes? – Fico mudo e quedo.
E se ganhares? Levo a banca à glória!

(Francisco de Paula Brito,
em *Sonetos brasileiros*)

20. Laudelino Freire, *Sonetos Brasileiros*, p. 51.

# Eu, e as minhas lembranças

Já sei, queridos leitores,
Que muito tendes gostado
Dos meus artigos; – vos fico
Por isso muito obrigado.

Esforços não pouparei
Para, co'a pena na não,
Tornar-me, por meus espíritos,
Digno de vossa atenção.

Como o belo amável sexo,
A quem tanto amo e venero,
A meu favor sempre tenho,
Ditoso me considero!

De moças eu nunca tive
Motivo para queixar-me,
Porque também sei com elas
Delicado comportar-me.

Eu sou, talvez, o empresário
Que mais Damas Brasileiras
Conta acionistas, bem como
Conta também estrangeiras.

Espero que minha empresa
Prospere sempre feliz,
Basta d'elas a influência
Para ser ditoso o meu Fado.

Quem de Senhoras se queixa,
Não sabe o quanto são belas,
Ou dá motivos, talvez,
Ao desprezo, e ás queixas delas.

É nesta vida a Mulher
um – Anjo – sempre para mim;
Assim meus pais me educaram;
Meus filhos educo assim;

Vamos, porém ao que serve,
Que o meu fim é divertir
Aos que lerem a *Marmota*
Nela achando de que rir

Há Científicas folhas,
Há folhas Comerciais,
Há de Política muitas,
Enfim, de tudo há jornais!

Da Marmota eu fazer quero,
E pode ser que bem cedo,
Uma cousa divertida,
Um jornal para brinquedo.

Portanto, lá vai mais uma
Moderna adivinhação,
Que em damas bem educadas
Os homens encontrarão.

Tem onze letras o nome;
Porém é nome bonito,
Podeis crer que é bela cousa,
Vol-o afirma o Paula Brito.

Eil-o aqui – das seis vogais
Uma toma três lugares,
Outra dous, uma é sozinha;
E meio são cinco pares!

Com estas letrinhas faz-se:
– Lima, dedal, dia, dama,
Amália, amada, maldade,
Bidel, iliada e ama;

Lia, má, bil, alma, e dá,
Idade, baile, e Baal,
Alda, alameda, e Almada,
Amelia, balada e mal. –

Consoantes repetidas
Tem duas, e tem vogais
Que repetias ser devem,
Umas menos, e outras mais.

Conheço muitas senhoras
Cheias disso, e até pra mim!
Delas gosto; – e quem não há de
Gostar de moças assim!

Quem primeiro decifrar,
Uma cousa pode ganhar.

(Francisco de Paula Brito,
em *Marmota Fluminense*,
n. 440, p. 1, 31 jan. 1854)[21]

---

21. Em seu jornal *Marmota fluminense*, Paula Brito ocasionalmente inseria uma poesia de sua autoria em forma de charada para o público. Nessas inserções, ele evidenciava o cunho irreverente da publicação, bem como sua visão de mundo e críticas à sociedade.

# As fábulas de Esopo

*Arranjadas em verso
pelo redator.*

*Fábula II*
*O lobo e o cordeiro*

*Lobo feroz, num ribeiro
Matava a sede que tinha;
Pôs-se um cordeiro a beber
A água, que dele vinha,*

*Eis diz-lhe o Lobo: – atrevido?
Pois neste lugar me vendo,
Te atreves a emporcalhar
A água que estou bebendo?*

*Oh meu Deus, diz-lhe o Cordeiro,
Como isto ser pode assim,
Se eu aqui bebo o sobejo,
Que de vós vem para mim?*

Fracalhão, torna-lhe o Lobo,
Replicas o que te digo?
Há seis meses que teu pai
Já fez o mesmo comigo.

Senhor, lhe diz o Cordeiro,
De medo todo encolhido:
Culpa não tenho, há seis meses
Inda eu não era nascido.

Tens culpa, sim, diz-lhe ainda
O Lobo todo irritado;
Tens comido a relva toda,
Tens o meu campo estragado.

Que injustiça (o cordeirinha
Por ver a questão já vinda
Lhe diz) – não como inda relva,
Não tenho dentes ainda.

Ah, não tens, responde o bruto,
Tu és dos tais inocentes!
Pois morre… e assim pagarás
Por algum dos teus parentes.

MORALIDADE:
Nesta fábula se veja
Como bem se acha pintado
O que faz o *forte* injusto
Ao *fraco* desamparado!

Nas cidades, nas aldeias,
Talvez que todos os dias
Se vejam destes exemplos,
Se façam tais tiranias!

Forte o rico, e fraco o pobre,
Em contenda sempre estão:
No fraco a razão é força,
No forte a força é razão!

**Francisco de Paula Brito,**
em *Marmota Fluminense*,
n. 441, p. 1, 03 fev. 1854.)

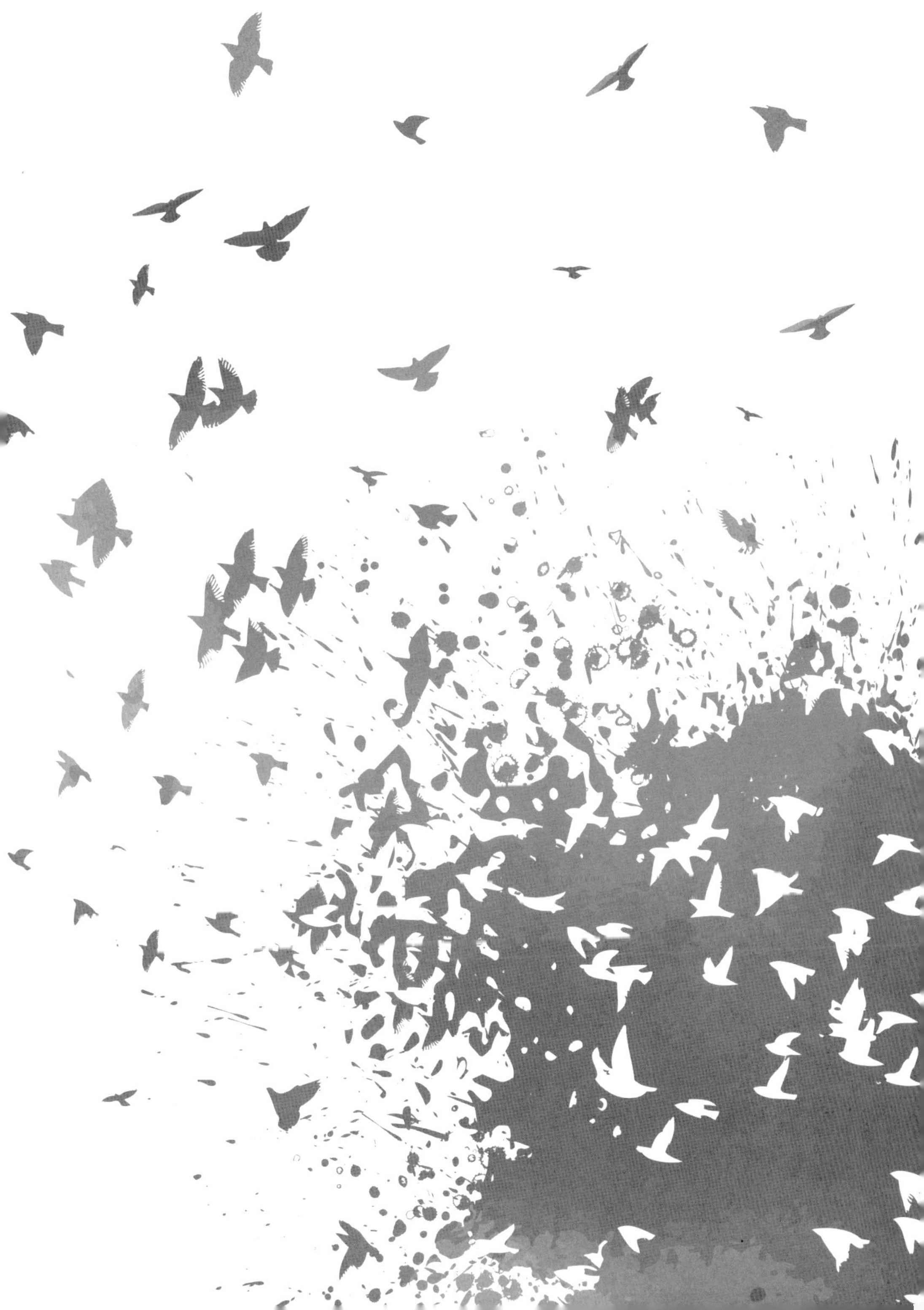

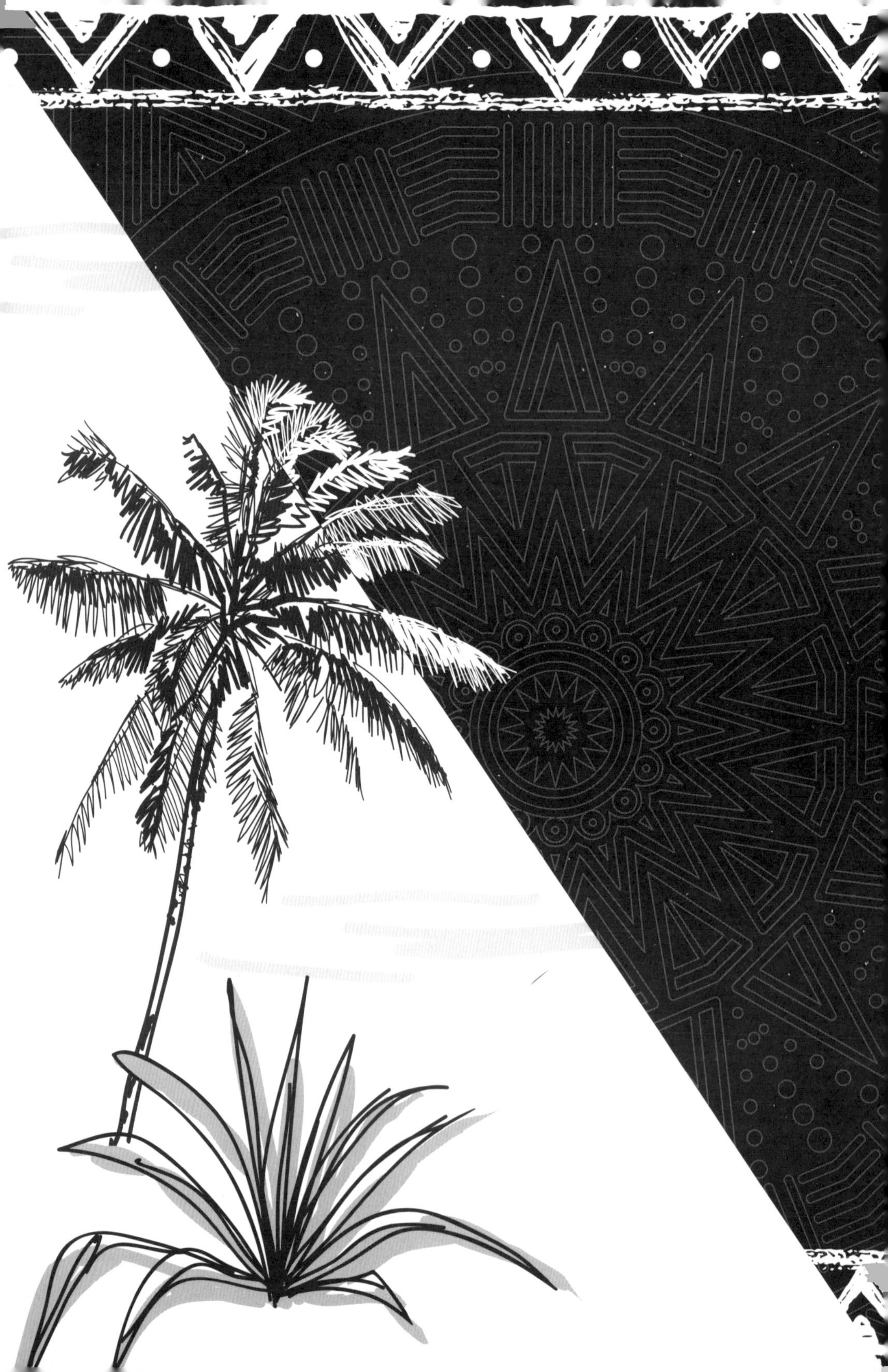

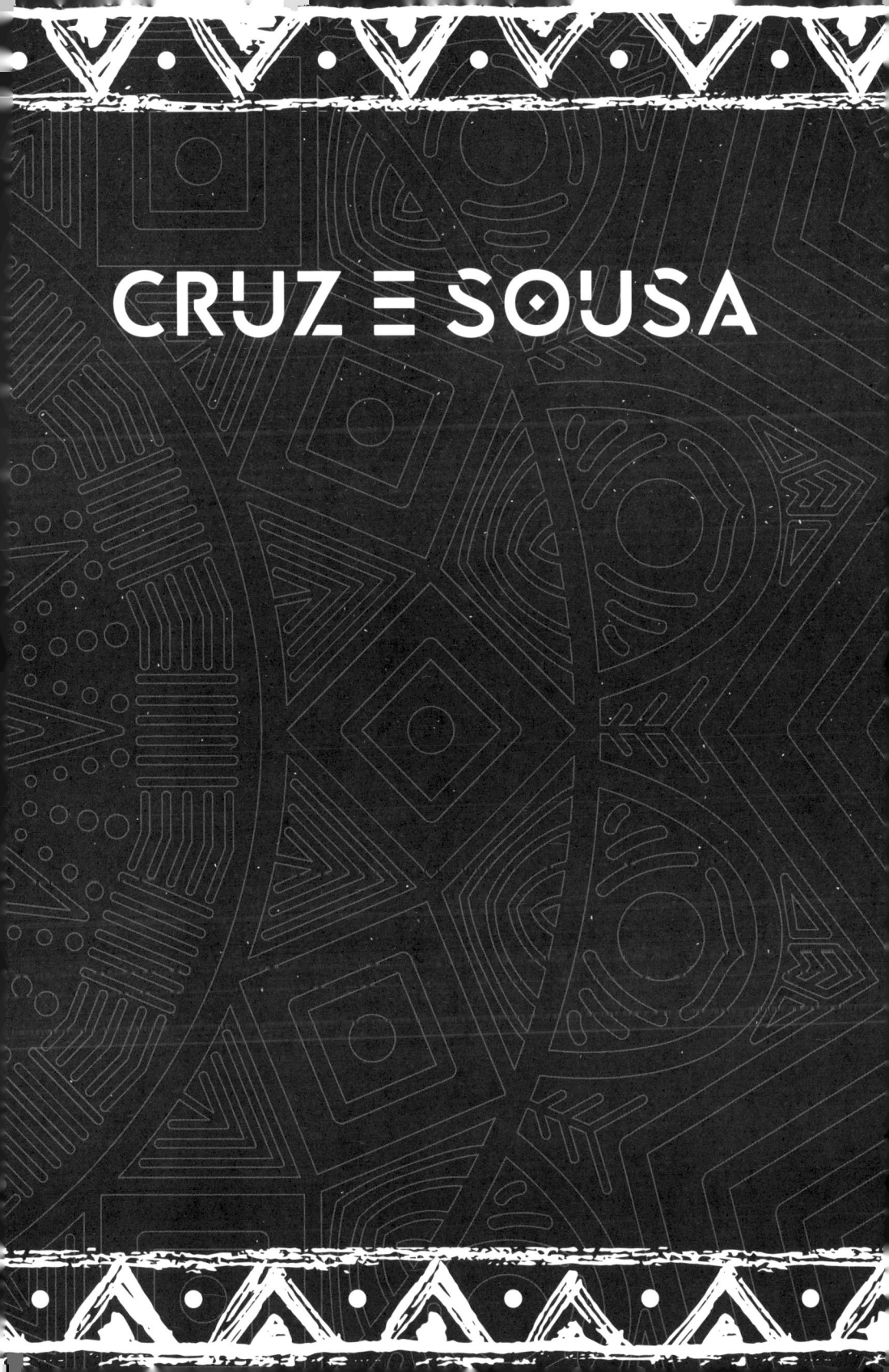

# CRUZ E SOUSA

# CRUZ E SOUSA:
## O DANTE NEGRO DA POESIA BRASILEIRA

Apesar de a poesia social não fazer parte do projeto poético do Simbolismo nem do projeto particular de Cruz e Sousa, em alguns poemas, o autor retratou metaforicamente a condição do escravizado.

O Palácio Cruz e Sousa, ponto turístico da cidade de Florianópolis, abriga os restos mortais do poeta negro catarinense, que inaugurou o movimento simbolista no Brasil, uma corrente artístico-literária que tem como elementos primordiais a subjetividade, a musicalidade, e a alusão a figuras místicas e transcendentais. O Simbolismo teve início na França, ainda no século XIX, e inaugurou um estilo de escrita que tinha como forte característica o uso de figuras de linguagem, tais como a sinestesia e a aliteração.

Filho dos escravizados forros Carolina Eva da Conceição e o mestre de obras Guilherme da Cruz, o poeta nasceu em 24 de novembro de 1861, em Florianópolis, que, à época, chamava-se Nossa Senhora do Desterro, em Santa Catarina. Ainda criança, Cruz e Sousa foi apadrinhado pela família dos escravagistas Xavier de Sousa, que também eram ex-senhores dos seus pais. Essa circunstância permitiu que o menino desde cedo tivesse contato com uma educação apurada, através da qual aprendeu diferentes idiomas, como latim, francês e grego, bem como matemática e ciências naturais.

Cruz e Sousa, que usava a alcunha de Dante Negro, ou Cisne Negro, fez um percurso interessante e *sui generes* para a época, visto que, no contexto do século XIX, as pessoas consideradas não brancas que obtinham educação formal e reconhecimento – geralmente artistas, escritores e músicos – eram os chamados "mulatos", pessoas que eram frutos de relações inter-raciais praticadas algumas vezes por afeto, e, em muitos casos, por meio de violência.

Apesar de ter um nível elevado em sua formação cultural e ser considerado um poeta culto e erudito[22], João da Cruz e Sousa não escapou do racismo que assolava – e ainda aflige – o Brasil, confinando pessoas negras, sejam elas artistas, escritores, poetas ou "pessoas comuns" à marginalidade da sociedade e ao não reconhecimento de seus feitos, seja lá quais forem.

Desde os seus 20 anos, o poeta Cruz e Sousa já colaborava em publicações consideradas antiabolicionistas. Ao lado de outros autores de sua época, passou a circular em outros estados do Brasil para disseminar mensagens antiescravistas. Ele passou por Bahia, Maranhão e pelo Rio de Janeiro, onde conheceu sua esposa, Gavita Rosa Gonçalves, com quem teve quatro filhos.

Durante esse período, com a situação financeira ruim, o poeta se viu obrigado a deixar um pouco de lado suas funções como escritor talentoso e audacioso para trabalhar na Estrada de Ferro Central do Brasil, em cargos sim-

---

22. Literafro – Portal de Literatura Afrobrasileira. Disponível em: http://www.letras.ufmg.br/literafro/autores/206-cruz-e-sousa. Acesso em: 14. ago. 2022.

ples e com salários baixíssimos. Provavelmente por conta do tipo de trabalho extenuante que exercia, desenvolveu um quadro grave de tuberculose. O poeta não se recuperou da doença e faleceu em 19 de março de 1898, 10 anos após a abolição da escravatura no Brasil.

Cruz e Sousa deixou um legado excepcional tanto para as gerações futuras quanto para a história do Simbolismo no Brasil. *Missal* e *Broquéis*, escritos em 1893, são consideradas suas principais obras. Seus escritos eram tangenciados por diferentes temas diretamente ligados ao seu cotidiano, como o preconceito, a pobreza e a vulnerabilidade diante da morte. Um exemplo é o texto em prosa *Emparedado*, parte do livro *Evocações* (1898), que descortina de maneira voraz as mazelas e as violências vividas pela população negra no século XIX.

O intelectual e poeta João da Cruz e Sousa, mesmo tendo vivido por apenas 37 anos, alcançou o posto de fundador do Simbolismo no Brasil. Sua vida foi marcada por intelectualidade[23], criatividade, resiliência e luta pelos seus semelhantes de pele e de raça, convocando, inclusive, as pessoas não negras chamadas de "abolicionistas" para a luta. Cruz e Sousa iniciou sua vida como um escritor da pré-abolição, participou dos enredos que deflagraram o fim da escravidão formal no Brasil e, por fim, consolidou-se como um dos grandes poetas do pós-abolicionismo

---

23. CRUZ e SOUSA, João da. **Obra Completa**. Rio de Janeiro: Nova Aguilar. 1995.

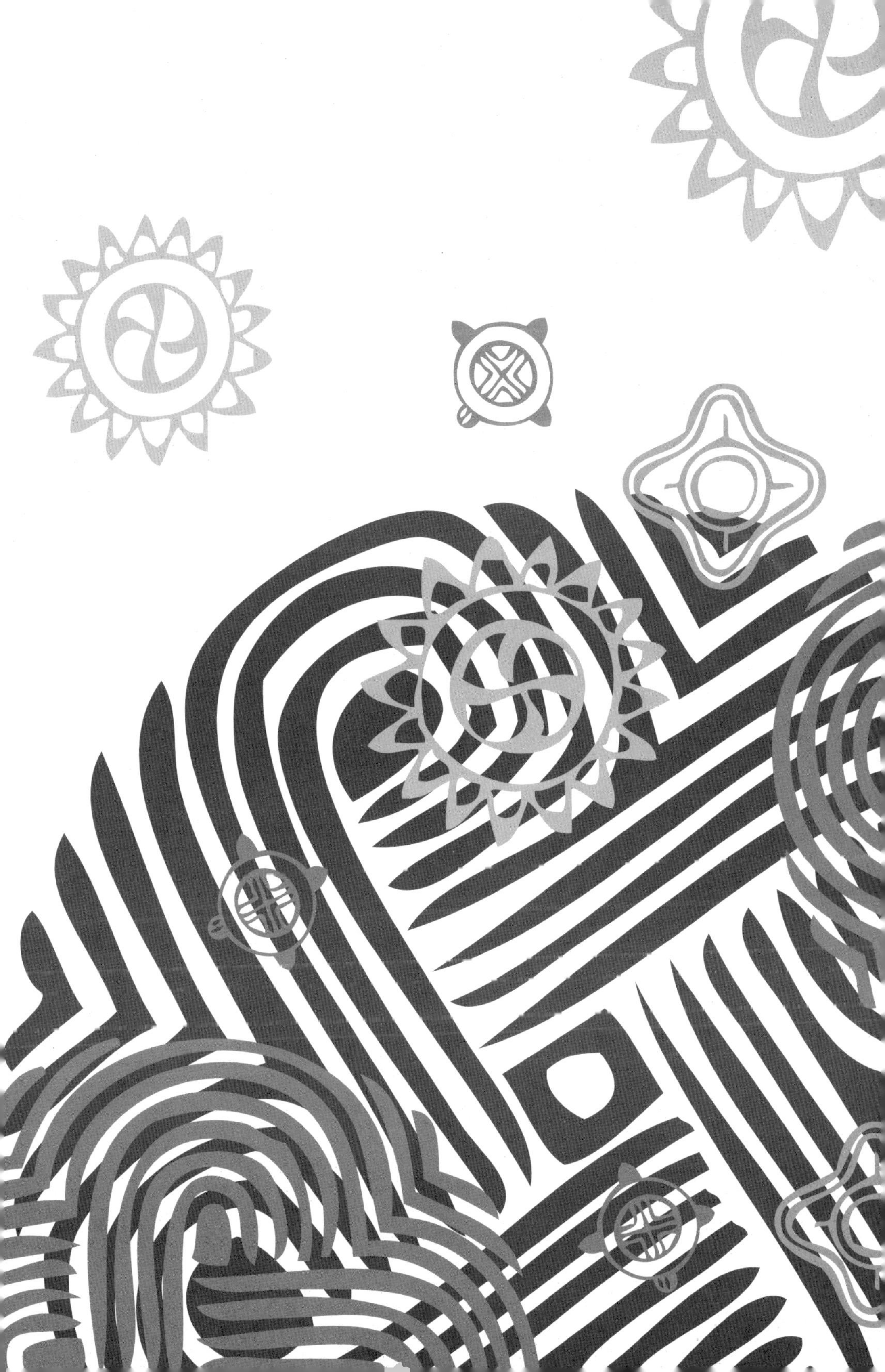

# Meu filho[24]

Ah! quanto sentimento! Ah! quanto sentimento!
Sob a guarda piedosa e muda das Esferas
Dorme, calmo, embalado pela voz do vento,
Frágil e pequenino e tenro como as heras.

Ao mesmo tempo suave e ao mesmo tempo estranho
O aspecto do meu filho assim meigo dormindo...
Vem dele tal frescura e tal sonho tamanho
Que eu nem mesmo já sei tudo que vou sentindo.

Minh'alma fica presa e se debate ansiosa,
Em vão soluça e clama, eternamente presa
No segredo fatal dessa flor caprichosa,
Do meu filho, a dormir, na paz da Natureza.

Minh'alma se debate e vai gemendo aflita
No fundo turbilhão de grandes ânsias mudas:
Que esse tão pobre ser, de ternura infinita,
Mais tarde irá tragar os venenos de Judas!

---

24. O poema retrata a preocupação do poeta com a vida que o filho ter devido à cor de sua pele. Por meio do eu-lírico, Cruz e Sousa reflete sobre a pobreza, a vulnerabilidade de seu "frágil e pequenino" filho e a falta de perspectiva naquele contexto. Tais medos são refletidos em sonhos "transfigurados".

Dar-lhe eu beijos, apenas, dar-lhe, apenas, beijos,
Carinhos dar-lhe sempre, efêmeros, aéreos,
O que vale tudo isso para outros desejos,
O que vale tudo isso para outros mistérios?!

De sua doce mãe que em prantos o abençoa
Com o mais profundo amor, arcangelicamente,
De sua doce mãe, tão límpida, tão boa,
O que vale esse amor, todo esse amor veemente?!

O longo sacrifício extremo que ela faça,
As vigílias sem nome, as orações sem termo,
Quando as garras cruéis e horríveis da Desgraça
De sadio que ele é, fazem-no fraco e enfermo?!

Tudo isso, ah! Tudo isso, ah! quanto vale tudo isso
Se outras preocupações mais fundas me laceram,
Se a graça de seu riso e a graça do seu viço
São as flores mortais que meu tormento geram?!

Por que tantas prisões, por que tantas cadeias
Quando a alma quer voar nos paramos liberta?
Ah! Céus! Quem me revela essas Origens cheias
De tanto desespero e tanta luz incerta!

Quem me revela, pois, todo o tesouro imenso
Desse imenso Aspirar tio entranhado, extremo!
Quem descobre, afinal, as causas do que eu penso,
As causas do que eu sofro, as causas do que eu gemo!

Pois então hei de ter um afeto profundo,
Um grande sentimento, um sentimento insano
E hei de vê-lo rolar, nos turbilhões do mundo,
Para a vala comum do eterno Desengano?!

Pois esse filho meu que ali no berço dorme,
Ele mesmo tão casto e tão sereno e doce
Vem para ser na Vida o vão fantasma enorme
Das dilacerações que eu na minh'alma trouxe?!

Ah! Vida! Vida! Vida! Incendiada tragédia,
Transfigurado Horror, Sonho transfigurado,
Macabras contorções de lúgubre comédia
Que um cérebro de louco houvesse imaginado!

Meu filho que eu adoro e cubro de carinhos,
Que do mundo vilão ternamente defendo,
Há de mais tarde errar por tremedais e espinhos
Sem que o possa acudir no suplício tremendo.

Que eu vagarei por fim nos mundos invisíveis,
Nas diluentes visões dos largos Infinitos,
Sem nunca mais ouvir os clamores horríveis,
A mágoa dos seus ais e os ecos dos seus gritos.

Vendo-o no berço assim, sinto muda agonia,
Um misto de ansiedade, um misto de tortura.
Subo e pairo dos céus na estrelada harmonia
E desço e entro do Inferno a furna hórrida, escura.

E sinto sede intensa e intensa febre, tanto,
Tanto Azul, tanto abismo atroz que me deslumbra.
Velha saudade ideal, monja de amargo Encanto,
Desce por sobre mim sua estranha penumbra.

Tu não sabes, jamais, tu nada sabes, filho,
Do tormentoso Horror, tu nada sabes, nada...
O teu caminho é claro, é matinal de brilho,
Não conheces a sombra e os golpes da emboscada.

Nesse ambiente de amor onde dormes teu sono
Não sentes nem sequer o mais ligeiro espectro...
Mas, ah! eu vejo bem, sinistra, sobre o trono,
A Dor, a eterna Dor, agitando o seu cetro!

(Cruz e Sousa, em *Faróis*)

# Livre[25]

Livre! Ser livre da matéria escrava,
arrancar os grilhões que nos flagelam
e livre penetrar nos Dons que selam
a alma e lhe emprestam toda a etérea lava.
Livre da humana, da terrestre bava
dos corações daninhos que regelam,
quando os nossos sentidos se rebelam
contra a Infâmia bifronte que deprava.
Livre! bem livre para andar mais puro,
mais junto à Natureza e mais seguro
do seu Amor, de todas as justiças.
Livre! para sentir a Natureza,
para gozar, na universal Grandeza,
Fecundas e arcangélicas preguiças.

(Cruz e Sousa, em *Últimos sonetos*)

---

25. O título sugere um protesto à escravatura. Já na primeira estrofe, deparamo-nos com uma exclamação, como uma palavra que precisa ser declamada, expressando de modo exagerado, a urgência de ser livre. Esse pensamento é confirmado na sequência de versos, bem como o sentimento de revolta, com

# Cárcere das almas

Ah! Toda a alma num cárcere anda presa,
Soluçando nas trevas, entre as grades
Do calabouço olhando imensidades,
Mares, estrelas, tardes, natureza.

Tudo se veste de uma igual grandeza
Quando a alma entre grilhões as liberdades
Sonha e, sonhando, as imortalidades
Rasga no etéreo o Espaço da Pureza.

Ó almas presas, mudas e fechadas
Nas prisões colossais e abandonadas,
Da Dor no calabouço, atroz, funéreo!

Nesses silêncios solitários, graves,
que chaveiro do Céu possui as chaves
para abrir-vos as portas do Mistério?!

(Cruz e Sousa, em *Últimos sonetos*)

# Litania dos pobres

Os miseráveis, os rotos
São as flores dos esgotos.

São espectros implacáveis
Os rotos, os miseráveis.

São prantos negros de furnas
Caladas, mudas, soturnas.

São os grandes visionários
Dos abismos tumultuários.

As sombras das sombras mortas,
Cegos, a tatear nas portas.

Procurando o céu, aflitos
E varando o céu de gritos.

Faróis a noite apagados
Por ventos desesperados.

Inúteis, cansados braços
Pedindo amor aos Espaços.

Mãos inquietas, estendidas
Ao vão deserto das vidas.

Figuras que o Santo Ofício
Condena a feroz suplício.

Arcas soltas ao nevoento
Dilúvio do Esquecimento.

Perdidas na correnteza
Das culpas da Natureza.

Ó pobres! Soluços feitos
Dos pecados imperfeitos!
Arrancadas amarguras
Do fundo das sepulturas.

Imagens dos deletérios,
Imponderáveis mistérios.

Bandeiras rotas, sem nome,
Das barricadas da fome.

Bandeiras estraçalhadas
Das sangrentas barricadas.

Fantasmas vãos, sibilinos
Da caverna dos Destinos!

Ó pobres! o vosso bando
É tremendo, é formidando!

Ele já marcha crescendo,
O vosso bando tremendo...

Ele marcha por colinas,
Por montes e por campinas.

Nos areiais e nas serras
Em hostes como as de guerras.

Cerradas legiões estranhas
A subir, descer montanhas.

Como avalanches terríveis
Enchendo plagas incríveis.

Atravessa já os mares,
Com aspectos singulares.

Perde-se além nas distâncias
A caravana das ânsias.

Perde-se além na poeira,
Das Esferas na cegueira.

Vai enchendo o estranho mundo
Com o seu soluçar profundo.

Como torres formidandas
De torturas miserandas.

E de tal forma no imenso
Mundo ele se torna denso.

E de tal forma se arrasta
Por toda a região mais vasta.

E de tal forma um encanto
Secreto vos veste tanto.

E de tal forma já cresce
O bando, que em vós parece.

Ó Pobres de ocultas chagas
Lá das mais longínquas plagas!

Parece que em vós há sonho
E o vosso bando é risonho.

Que através das rotas vestes
Trazeis delícias celestes.

Que as vossas bocas, de um vinho
Prelibam todo o carinho...

Que os vossos olhos sombrios
Trazem raros amavios.

Que as vossas almas trevosas
Vêm cheias de odor das rosas.

De torpores, d'indolências
E graças e quint'essências.

Que já livres de martírios
Vêm festonadas de lírios.

Vem nimbadas de magia,
De morna melancolia!

Que essas flageladas almas
Reverdecem como palmas.

Balanceadas no letargo
Dos sopros que vem do largo...

Radiantes d'ilusionismos,
Segredos, orientalismos.

Que como em águas de lagos
Boiam nelas cisnes vagos...

Que essas cabeças errantes
Trazem louros verdejantes.

E a languidez fugitiva
De alguma esperança viva.

Que trazeis magos aspeitos
E o vosso bando é de eleitos.

Que vestes a pompa ardente
Do velho Sonho dolente.

Que por entre os estertores
Sois uns belos sonhadores.

(Cruz e Sousa, em *Faróis*)

# Da senzala...

De dentro da senzala escura e lamacenta
Aonde o infeliz
De lágrimas em fel, de ódio se alimenta
Tornando meretriz

A alma que ele tinha, ovante, imaculada
Alegre e sem rancor,
Porém que foi aos poucos sendo transformada
Aos vivos do estertor...

De dentro da senzala
Aonde o crime é rei, e a dor – crânios abala
Em ímpeto ferino;

Não pode sair, não,
Um homem de trabalho, um senso, uma razão...
E sim um assassino!

(Cruz e Sousa, em *O livro derradeiro*)

# À revolta

*A Cassiano César*

O século é de revolta – do alto transformismo,
De Darwin, de Littré, de Spencer, de Laffite –
Quem fala, quem dá leis é o rubro niilismo
Que traz como divisa a bala-dinamite!...

Se é força, se é preciso erguer-se um evangelho,
Mais reto, que instrua – estético – mais novo
Esmaguem-se do trono os dogmas de um Velho
E lance-se outro sangue aos músculos do povo!...

O vício azinhavrado e os cérebros raquíticos,
É pô-los ao olhar dos sérios analíticos,
Na ampla, social e esplêndida vitrine!...

À frente!... – Trabalhar a luz da ideia nova!...
– Pois bem! Seja a ideia, quem lance o vício à cova,
– Pois bem! – Seja a ideia, quem gere e quem fulmine!...

(Cruz e Sousa, em *O livro derradeiro*)

# Escravocratas

Oh! Trânsfugas do bem que sob o manto régio
Manhosos, agachados – bem como um crocodilo,
Viveis sensualmente à luz dum privilégio
Na pose bestial dum cágado tranquilo.

Eu rio-me de vós e cravo-vos as setas
Ardentes do olhar – formando uma vergasta
Dos raios mil do sol, das iras dos poetas,
E vibro-vos a espinha – enquanto o grande basta

O basta gigantesco, imenso, extraordinário –
Da branca consciência – o rútilo sacrário
No tímpano do ouvido – audaz me não soar.

Eu quero em rude verso altivo adamastórico,
Vermelho, colossal, d'estrépito, gongórico,
Castrar-vos como um touro – ouvindo-vos urrar!

(Cruz e Sousa, em
*O livro derradeiro*)

# REFERÊNCIAS

ASSIS, Machado de. **Obra Completa**, vol. III. Rio de Janeiro: Editora Nova Aguilar, 1994.

BASTIDE, Roger. Quatro estudos sobre Cruz e Sousa, *In*: COUTINHO, Afrânio. (org.) Cruz e Sousa. **Col. Fortuna Crítica**, v. 4, Rio de Janeiro: Civilização Brasileira; Brasília, INL, 1979 pp. .157-189.

FERREIRA, Ligia Fonseca. Introdução. *In:* GAMA, Luiz. **Primeiras trovas burlescas & outros poemas.** – São Paulo: Martins Fontes, 2000.

FREIRE, Laudelino. **Sonetos Brasileiros**: século XVII--XX. 1. ed. Rio de Janeiro: M. Orosco & C., 1904.

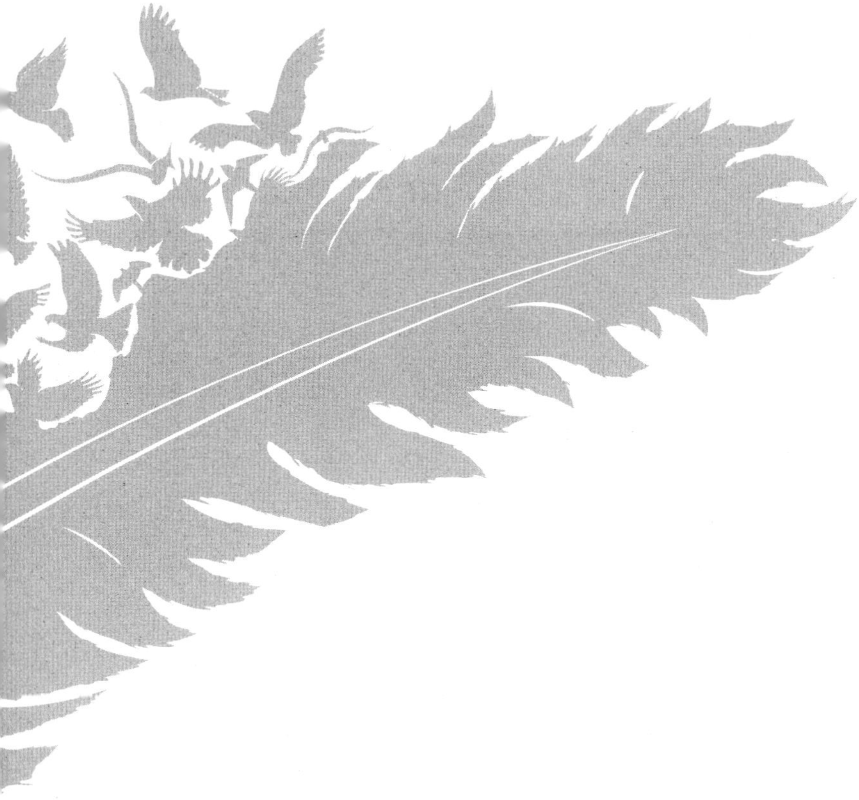

**grupo novo século**

**Compartilhando propósitos e conectando pessoas**
Visite nosso site e fique por dentro dos nossos lançamentos:
www.gruponovoseculo.com.br

**ns**

- facebook/novoseculoeditora
- @novoseculoeditora
- @NovoSeculo
- novo século editora

gruponovoseculo.com.br

Edição: 1
Fonte: Proza Libre e Constantia